亲和源的故事

QINHEYUAN DE GUSHI

奚志勇 主编

一样的晚年，不一样的精彩。
一样的人生，不一样的价值。

学林出版社

序

“小城”故事多

奚志勇

亲和源是一个养老社区。

亲和源居住着一群热爱生活、追求品质、体现时尚、实现价值的老年人。

亲和源也是一座“小城”，里面的居民都是老年，他们有共同的理想、共同的欢快、共同的准则和共同的激情。

当小河有了欢快，就会激起浪花；当生活有了激情，就会产生故事。

“小城”故事多，亲和源里感人的故事更多。故事变成了文字，就是小说。亲和源的故事，如果不变成文字，便成了传说。如果用文字记载下来，也就成了小说。任何文艺作品，一定来源于生活，也一定高于生活。

亲和源代表了一种养老模式，这种模式是一种创新，一种观念，一种实践。

住在亲和源里的老人，被称为“会员”，所以亲和源就是一所养老俱乐部。

俱乐部，就是大家一起快乐。

多么希望老人都能快乐地养老。常言说，“要想甜，放点盐”。快乐也要有点痛苦作陪衬。

亲和源里的故事，演绎的就是会员们的酸甜苦辣，甚至悲欢离合。

养老，也是生活。生活少不了百味杂陈。

亲和源实践的是一种符合时代精神的养老模式。当亲和源的故事演绎成小说后，为了更好地体现理念和“增强”感染力，在情节上或细节上都会“艺术地”创作。

本故事集的“主人公”，千万不要“对号入座”呵，也千万不要“合理猜想”和“好意攀附”噢。

这本“故事集”，如果能引起关注养老事业和投身养老产业各界人士的关注，并能同亲和源创建者们一样感同身受，那是本书大大的成功。

如果能让天下老人在设计和安排自己的养老生活时，在这本故事集得到启示和帮助，那是本书编纂者们的大大的喜悦。

如果亲和源的会员读完故事集，能会意相视，并开怀大笑，那就是亲和源所有工作人员大大的安慰。

愿亲和源的会员们继续演绎他们丰富多彩的养老生活。

愿天下老人都有一份甘之如饴的晚年景象。

目录

<<< Contents

麻烦也欢喜

“玉儿，你快来接我回家，我住不下去了。”

“为什么？”

“这里没自由，什么都管。”

“玉儿，我一定要回家，你不来接我，我自己回去了。”

“你又怎么了？”

“我和这儿的人合不来，不住了，我要回家，你今天不来接我，我就自己走。”

“好，好，好……过几天来接你。我这几天上班，哪儿有时间？等周末我就去接你。”

“玉儿……”

“怎么……又待不下去了？”

辗转了几个养老院都住不下去的王阿婆，几乎每天都给正在上班的女儿王玉打电话吵嚷着要回家，孝顺的女儿逐渐不胜其烦，有点力不从心的感觉，实在受不了老母亲这样的折腾，最终还是把老母亲从第五所养老院接回了家。可是，每天要上班的女儿，把老母亲一个人留在家里也不放心，毕竟她已经 92 岁高龄，记忆力已经减退，总是忘记东西放哪儿，甚至会忘了煤气灶上烧的水……虽说母亲目前自己的事情还能够自己解决，但是自己每天上班早出晚归的，万一母亲一个人在家出了什么事怎么办？听了朋友的建议，接连物色了几家不同类型的养老院，可老母亲不是嫌环境不好，就是说服务不周到，要么就说食物不合口味，抱怨室友合不来……总是能找出各种理由离开养老院，为此女儿真是头疼不已。

有一天，王阿婆的女儿王玉闲着无事上网，浏览起上海各大养老院的情况，比较哪家的环境和服务设施比较好，无意间发现了上海亲和源颐养院。上海亲和源颐养院又名亲和源护理院，是为长期生活不能自理的老年人以及其他需要长期护理服务的患者提供医疗护理、康复促进、生活照料、临终关怀等服务的医疗机构，也是亲和源养老社区的重要组成部分。看到这里，王玉再也按捺不住激动的心情，拨通了颐养院前台的电话。

“喂……是亲和源颐养院吗？”

“是的，你好！我是亲和源颐养院的小韩。”

“小姐，请问你们这里是一家护理院吗？”

“是的。”

“我想具体了解一下你们这里的情况，能给我介绍一下吗？”

“嗯，好的。我们颐养院主要为住养老人提供或协助日常就餐、生活起居，包括穿衣、梳洗、如厕、洗澡、清洗衣物，居家助洁等，倡导积极开放式住养，安排适合住养老人心理、生理特点的健康服务，并组织一系列愉悦老人身心的快乐活动。”

“很好，请问你们这里怎么收费？”

“我们这里根据老人的身体状况，分为三个护理级别，再根据房间床位不同，收费标准也不同。”

“听上去不错，但我还想实地到你们那里看看。”

“好啊，随时欢迎您过来。”

没多久，王阿婆的女儿王玉来到亲和源颐养院进行了一番考察，感受到它优美的生活环境和完备的服务设施。“代天下子女尽孝，替世间父母分忧”、“亲和源，可以托付一生的地方”这些理念打动了她的心，她又向朋友侧面打听入住亲和源老年公寓、颐养院的老人的基本情况，对亲和源有了全面的认识。

有一天，王阿婆的女儿王玉来到亲和源颐养院，站在办公室门口看墙上标贴的入住流程，她迟疑了一会儿，走进去问道：

“请问你们这里可以收住患有轻度老年痴呆的老人吗？”

坐在桌前的主管忙站起来：“你好，你请坐，请问你是为父亲还是母亲咨询入住？”

“是我母亲，她已经 92 岁了，目前生活还能够自理，行走靠拄拐杖，就是脑子不好使，经常忘东忘西的，可能一件事情要问你好多次。”

“她还有其它身体疾病吗？”

“她血压也有点高，还有……”介绍完母亲的基础疾病，她急切地问道，“我母亲符合入住条件吗？如果可以的话，我们这个礼拜五就来入住。”

“这个还要我们医务人员和工作人员去你家里进行一个调访，我们要具体看一下老人的自身情况，如果你把她带过来，万一不符合我们的收住条件，王阿婆已经 90 多岁的人了，来回路上也不方便。”

王玉脸上露出焦虑的表情：“也是，那你们什么时间来家访？能不能尽快给我确定一个时间？”

“那我尽快给你安排好了，就这个礼拜五吧！”

“好，说好了，礼拜五，我在家里等你们。”

星期五，亲和源颐养院的工作人员果然如期而至，经过一番问询以及医疗人员的检查和初步诊断，发现王阿婆还患有轻度脑萎缩，经常忘记一些事情，但还能够清楚地回答一些提出的问题，最后，评估王阿婆符合收住要求，会尽快安排她入住颐养院。王阿婆的女儿王玉听到答复，终于舒了一口气。

王阿婆的女儿王玉很快办妥了一切手续，好说歹说，终于将不情愿的老母亲送入了颐养院。王阿婆今年 90 多岁了，身体在同龄人中还算是比较健康，她皮肤白皙，喜欢戴一个黑框眼镜，看起来像个斯文的知识分子，只是不太爱说话。看她闷闷不乐的样子，工作人员热情地主动与她交流，逐渐和老人攀上了话，了解到她过去当过老师，还做过文员，她的父亲还是孙中山的副官，在过去的年代也算是个大家闺秀，但家庭出身也塑造了王阿婆的倔强的个性，她性格清高，有点任性，比较挑剔，很多事情都要按照自己的意愿去做，不然就会感到不满，产生抱怨。

没安生几天，王阿婆就开始折腾起来，每天为了老人房间不装浴缸的事抱怨。

“咚咚咚”，办公室的门铃响了，果然又是王阿婆。

“你们谁是领导？我有事要找他，我想给你们提个建议，请你们给老人房间安装一个浴缸，老人泡澡比较舒服。”

“王阿婆，用淋浴比较干净，浴缸会很不卫生，容易带来传染病。”

“怎么会呢？我在家里都是泡澡的。”

“那是您家里，我们这里的卫生间是公用的呀，不光您用，其他老人也要用的。”

“……”

苦口婆心终于说通了，等过了半天或一天，办公室的门口又看见王阿婆拄着拐杖像一个蜗牛一样慢慢悠悠向前移动的身影。

“同志，你看我的窗子，下面开了，上面也在开着，这样风吹过来多冷啊，你帮我把窗子关好。”

“同志，我的床太硬，你过来帮我看看。”

“同志，我女儿电话多少？我记不得了。”

“同志，遥控器怎么不好用？”

“同志，你帮我给家里打个电话……”

“同志……”

时间长了，工作人员不等王阿婆开口，已经知道她要说什么。

每天都能看见王阿婆瘦小的身影穿梭在办公室、房间和前台三点一线间。

经过医生和工作人员的诊断和分析，王阿婆患有轻度老年痴呆症，她缺乏安全感，很怕孤寂，每天往返于房间和办公室的原因是希望得到更多人的关注。幸好，颐养院已经建立了专业的老年痴呆研究小组，还有专业社工，各部门分工明确，每天给王阿婆找点事情做，经常给她读读报，陪她聊聊天，分散转移她的注意力，希望能取得较好延缓病情恶化的效果。

一天，看着王阿婆徐徐走来，工作人员忙上前一手搀着她的胳膊，一手扶着她的手，还没等王阿婆开口讲话，就先打断她的思路：

“王阿婆，您笑起来真好看，年轻时一定老漂亮的。”

“哎……现在都老了，还漂亮，你们年轻人漂亮。”

“王阿婆，我们到活动室做手工、唱歌好吗？”

“好啊。”

渐渐地，通过工作人员的引导，她似乎忘记了自己每天的“麻烦”，开始投身到颐养院的快乐活动中，每天上午和其他老人在一起读报、做操、唱歌、做手工……变得合群，性格也随和开朗了许多。

现在，王阿婆入住颐养院已经一年半了，几乎再没听到过她吵闹着说住不下去要回家的话。在颐养院工作人员和医疗团队无微不至的照料和正确治疗方案的帮助下，她的身体情况越来越好，精神状态也好了许多。

一天，王阿婆的女儿王玉来到颐养院看望老母亲，看到母亲精神状态、身体情况都很好，已经逐步适应了颐养院的生活，感到特别欣慰。临走时，她特意来到办公室，坐下来和工作人员们聊了一会，表达了对他们工作的肯定。

她说："我母亲已经辗转去过几家养老院，唯一能让她安心住下的是亲和源颐养院，不再天天闹着要回家，我很感激，你们真的辛苦了。"

工作人员说："哪里的话，这是我们应该做的。这段时间，王阿婆的表现大家都很满意，无论是我们工作人员，还是其他老人都很喜欢她，只是她很喜欢给我们提意见，总是往办公室跑。"

"是吗？真不好意思，我母亲就是这样的，很麻烦。"

"不会啊，王阿姨很可爱，麻烦也欢喜啊，哈哈……"

大家都笑了。

重返亲和源

“本是同根生，

一别五十春。

今朝喜相逢，

手足情更深。”

亲和源“第二期宝岛游学团”的全体学员，在台湾茂福养生文化村，为游学团中80岁的会员陈永珍老太太过生日时，她不禁喜极而泣。

老伴张老先生当场挥毫泼墨，为陈老太与失散50多年的弟弟在宝岛重聚，写下了这首感人的诗句。

这是多么不容易的重逢！陈老太托着弟弟那瘦骨嶙峋的双臂，嘴里不停地呢喃：“阿弟，阿弟，阿拉碰头了，阿拉终于碰头了……”许久许久，陈太只是不住地流泪，泪水洒到了她弟弟的脸上。弟弟坐在轮椅上，因年老体病说不出话来，激动得胸膛上下起伏，他像儿时那样依偎着姐姐。面对此情此景，观者无不动容，唏嘘声一片。

台湾茂福养生文化村的工作人员刘小姐，或许是见多了这样的重逢情景，一边帮陈老太拭泪，一边微笑着说：“张太，这是令人开心的事呢，你们应该高兴才是，怎么还哭呢？”

深知其间不易的亲和源游学团秘书小容，悄悄地把刘小姐拉到一旁，附在她耳边说：“陈老太自从知道了我们在台湾游学期间，入住茂福养生文化村，就日日夜夜盼望同弟弟相聚的一刻……”

陈老太同她弟弟的故事，说来话长。

那是50多年前，陈老太父母双亡，只有一个亲弟弟，姐弟俩相依为命，却因历史原因，亲人离散，杳无音信，生死不明。直到近几年，台湾、大陆两岸关系改善，陈老太辗转通过在美国的侄儿帮助，总算打听到弟弟的下落。姐弟俩重新开始通信，寄照片，打电话，安排弟弟来沪团聚。谁知还没来得及动身，弟弟突发脑梗，已是七十八岁高龄的人了，总算抢救及时，但手脚从此不便，与轮椅为伴了。来沪团聚看来又成梦想。后来陈老太得知弟弟为了康复，住进了台湾康复设施最好的茂福养生村，就非常想到台湾探望弟弟，却苦于自己八十高龄，旅行社怕出意外，再说有固定的旅游菜单，不可能为她一人组团；自由行，没人陪同，自己也不敢出行。种种原因，一拖再拖，陈老太天天在老伴面前抱怨：“只怕今生今世同阿弟不能碰头了……”

亲和源第一期游学团赴台，在上海老年界引起轰动，一时成了老年人的“谈话资料”。饭后茶余、街头巷尾，都在评说亲和源开了两岸老年人“通游、通学、通访友”小三通的先河。

陈老太看到了登在《亲和源报》上的通讯报道，其实，那时陈老太已经离开了亲和源，办理了退会手续回去与女儿同住。陈老太马上意识到这是一个可以探望弟弟的机会。

于是陈老太不顾一切，说通老伴希望再次入住亲和源，随着第二期亲和源宝岛游学团，一起来到了台湾，趁着身体还能走动，实现了同已是“年愈古稀”的弟弟碰头的愿望。

“张太等待了很久，现在弟弟就在眼前，你说张太能不激动吗？”

刘小姐恍然大悟："哦，是的。如果普通的探亲确实有很多的不方便，亲和源游学团能在我们茂福居住，也是很费了一番心血的呢！可是，为什么张太上次不来呢？"

小容微微一笑，轻轻说："这次来了，也就得偿夙愿了。"

张老先生在一旁听到她们的对话，看刘小姐一脸的疑惑，性格豪爽的他"顽皮"地眨了眨眼睛，对刘小姐说："一会儿再告诉你一个小秘密！"然后上前搂了下老伴，对她说，"好了，老陈，弟弟也累了。我们先休息一会，回头把你多一张生日卡的事儿给大伙儿说说。"

陈老太正是泪眼婆娑，听到老伴的打趣，突然想起弟弟确实需要休息了，便抹了抹眼泪，让护工陪她弟弟回他的房间，眼眶红红地向游学团的其他会员们道声失礼，便和老伴一起送弟弟回茂福的家。

游学团的学员们也体验了一把茂福的养老服务，晚餐吃得特别香。

席间，稍稍平复情绪的陈老太说："陪了弟弟一下午，亲情真是割不断，理还乱。聚时短，离时长。这次姐弟重聚，恍若是梦。实属不易呵……"

陈老太的感慨，又勾起了同伴们的好奇，会员们纷纷要求陈老太夫妇讲讲个中缘由。

张老先生笑道："那我来给大家说说吧，说起来，就像长篇小说一部……"

原来，陈老太夫妇早在两年前，亲和源刚刚落成时，就成为亲和源的第一批会员，同亲和源一道经历了初创期的坎坎坷坷，也同亲和源员工有了感情上的相依相靠，在亲和源的养老生活同其他会员一起过的和和美美。

在亲和源，特别让陈老太感动的有这么一件事，入住亲和源的第二个月，是她的生日。亲和源有个规矩，秘书们会为当月生日的会员，办一个"集体生日会"。

陈老太参加了"集体生日会",并且收到了一张生日贺卡。这张生日卡上面除了写有生日祝福语,还有亲和源管理和秘书团队密密麻麻的签名。

这让陈老太很感动,这不仅是她收到的第一份生日贺卡,还有那么多人在乎她的生日。陈老太很珍惜,连连说:自己七老八十的,一生为生计奔波、操劳,从没大张旗鼓地过过生日。子女长成后,为自己的事业操心,天南地北,挺不容易的,自己也从没要求他们特意赶来上海为老夫妻过生日,逢年过节带着孙儿来盘恒几天,陪陪老爸老妈,也就是天大的孝心了。看到现在身边有这些可爱淳朴的亲和源秘书们,真觉得自己膝下多了许多子女。

谁知一年后变故顿生。原来老夫妻的大女儿退休回沪,在佘山买了别墅,说回上海第一件事,就是接父母同住,要在膝下尽孝。

老夫妻俩拗不过女儿的一片孝心,只得在亲和源办理了退会手续,依依不舍地告别了相处已熟的秘书和左邻右舍的会员们,离开了亲和源。

搬到佘山后,原以为变化不大,出门有地铁,没事逛超市,无聊看电视,但渐渐地老夫妻俩感到不适应了。最让陈老太感觉烦心的是,张老先生每个星期一次要到益寿中医院配药,而在亲和源时可以让健康秘书代配,还能在亲和源药房代煎,自己只要按时吃药就行,偶尔忘记了秘书还会煞有介事地"要求检查",现在却只能自己每次来回倒车去配药,可是每次去医院都要排队、挂号、付款、取药,每次都得耗掉半天的工夫。这让已经享了一年多清福的老夫妻俩感觉很不爽。

让女儿去吧,谁知她退休后,没两个月,就嚷嚷人退心不退,参加区政协工作去了,三天两头不见人影,还常常出差,丢下一个保姆,说是专门伺候二老。

虽然已经离开亲和源,每个月《亲和源报》仍定期寄来。看着每期的报道，回想回想亲和源的“至尊养老生活”，也是一种乐趣。

一天，突然信箱里多了一只大信封，打开一看原来是亲和源秘书们寄来的生日贺卡。熟悉的字迹，只是又多了些陌生的名字，看到这张贺卡，仿佛看到一张张亲切的笑脸真诚地围绕在身边：臻慧、楠楠、小蒋、吴玲、高斌……名字仿佛跳跃着，祝福陈老太身体健康，也不忘提醒张老先生要按时服药、保重身体。陈老太不禁对老伴感慨道，“多好的孩子们啊，我们没福气呀！”

又过了一段时间，陈老太阅读新寄来的一期《亲和源报》时，发现曾经的邻居龚奶奶写的一篇文章，描述自己在参加第一期亲和源宝岛游学团期间，住在茂福养生文化村时的感受。陈老太立马把张老先生叫来，问道：“老张，这个茂福是不是小弟病后住的那家台湾的老年护理院？”

张老先生认真读完了文章，说：“就是这家，不过人家茂福可不是护理院，跟亲和源一样，家庭式养老的，在台湾很有名气。”

陈老太小声嘀咕：“如果我们在亲和源，和老龚他们一起去台湾，就能和小弟碰头了……唉，我的弟弟呀……”

张老先生见陈老太难过的模样，就说：“要么我问问看，亲和源什么时候再组织去台湾，如果还能去那个茂福，我们就要求报名参加。”

陈老太顾虑着：“我们已经不是亲和源会员了，他们还能让我们报名？”

“先问了再说吧！我想亲和源一定会让我们去的，你看，不是每期的《亲和源报》都寄来的吗？亲和源一定还会把我们当作他们的会员。”张老先生安慰道。

不久，张老先生就兴冲冲地告诉陈老太，上次打电话问秘书小蒋，小蒋的回应来了。亲和源董事长说，我们永远是亲和源的会员，也欢迎我们参加亲和源的活动。第二期宝岛游学团已经在组织了，下月就能出发,行程中包括入住茂福。

陈老太连连说好,激动不已。

接下来的日子,陈老太是在紧张、忙碌、期待和快乐中度过的。给弟弟准备礼品,给即将重逢的会员们准备纪念品,给又要相聚的小秘书们准备什么呢?

当然,还要准备自己的行装。女儿看着二老忙得团团转,还在纠结自己是不是请假,陪二老同行。二老连连摇手,说有亲和源秘书一起出行,你可以一百个放心,一百个笃定。就这样二老跟随亲和源来到了台湾,来到了茂福。

张老先生绘声绘色地讲完,大家听得屏声息气,鸦雀无声。

张老先生站起身,对大家双手抱拳说:"我们如何到的台湾,他们姐弟如何重逢,大家都亲眼目睹,我就不多讲了。一路上给大家添了麻烦,给我们的秘书们添了麻烦,在此我再次表示感谢!"

大家报以一片热烈的掌声。

这时,秘书小容走到张老先生夫妇前,转身对大家说:"这几天张老先生和张太沉浸在姐弟重逢的喜悦里,可能他们忘了一件事,也许他们不想声张,怕给大家添麻烦……"

小容说着,从另一位秘书托着的一个铺着红绸的盘子里,拿出一张贺卡,然后郑重宣布:"今天是张太八十岁生日,为庆祝张太八十大寿,我们特制了一张贺卡,上面有亲和源宝岛游学团全体学员和亲和源秘书的签名。"

陈老太激动万分地接过贺卡,想说,一时不知从何说起,只是看着贺卡上密密麻麻的签名,喃喃地说,"太珍贵了,太珍贵了。"

"现在,我宣布陈永珍女士八十大寿庆生晚会现在开始!"小容大声说。

在大家热烈掌声中,张老先生大声说:"在庆生晚会开始前,先宣布一件事，这次游学结束，回到上海，我们立即申请，重返亲和源！”

陈老太拉拉他的衣袖，小声说：“征求一下女儿的意见吧。”

张老先生摆摆手，斩钉截铁地说：“不用，今天我才明白，我在乎的不是女儿的孝心，我在乎的是在座会员们的友情，在乎亲和源的情分，在乎同秘书们在一起的日子。”

“对！”陈老太连连点头：“女儿可以同我们一起住亲和源。”

她的话，被掌声和笑声淹没了。

90 岁的“四姐妹”

人生暮年如夕阳，最完美、最幸福的结局就是有一个健康、快乐、舒适养老的家。在亲和源颐养院的大家庭里，就有很多个这样的“小家庭”——比如 601 室，这个房间住着 4 位 90 多岁的阿婆，她们的岁数加起来足有 380 岁。在这个家庭里，她们相互关心、相互帮助，其乐融融。她们寂寞时谈天说地，困难时相互扶持，生病不适时互相照料，忧伤难过时互相宽慰。这些嘘寒问暖的友谊，让这个“小家庭”里不仅有温馨，还有老姊妹间的真情。但是，如今和谐如一家的氛围并非打一开始就有，而是经过了一番波折。

穆阿婆 94 岁了，个子不高，瘦瘦的身材，生活基本能够自理，自己的事情一定坚持着自己动手完成，平时最喜欢看看报纸，更喜欢帮助他人，为人正直善良的她从来不计较自己的得失。孙阿婆 99 岁了，思路清晰，骨折后一直卧床，喜欢看看电视。张阿婆 93 岁了，还能够自己在房间里走走，个性活泼开朗的她喜欢戏曲，一个人开心的时候还会哼唱几句京剧。吴阿婆 94 岁了，身体状况尚可，也能在房间里走动走动，性格安静的她喜欢听听收音机。四个性格完全不同的阿婆住到了一个房间里。

刚入住亲和源不久的一天，午饭过后，张阿婆的女儿带了几个亲戚朋友来看她。可能也是该午休的时候了，坐在相邻床边的吴阿婆不高兴了，嘴里嘟囔道：“你们说话到外面会客厅里去，太吵了，吵得人睡不好觉。”

张阿婆一听，不高兴了：“我女儿难得来看我一次，说两句话怎么了？你管你睡好了，碍着你什么事？”

吴阿婆本来看到他们一家人有说有笑就有点失落，被张阿婆的话一激，更生气了：“你说什么？你现在不是在自己家里，大家住在一个房间里，你要考虑一下别人！”

“就是不出去，你怎么着？你天天听收音机，早上听，晚上听……开得那么大声我还没说你呢！”张阿婆音调更响了。

“我听个收音机怎么了？你睡不着，天不亮就起来唱京戏……声音么，跟电锯声差不多，难听得要死，大家早就受不了你了！”平时看似沉默寡言的吴阿婆吵起架来也毫不示弱。

“什么，你居然说我唱戏声像电锯……你……你……你再说一遍……”张阿婆气得满脸通红。

站在一旁的张阿婆女儿一看情况不对，毕竟是高龄老人，要是一激动，血压高上去，可不是闹着玩的，忙上前劝架：“妈……不要激动，不要激动……吴阿婆，您也少说两句吧。”

吴阿婆却不依不饶，嘴里依然振振有词。两个老人甚至从床上站了起来，指着对方的鼻子骂起来。

张阿婆的女儿知道老母亲的性格，只要她生气起来，一定会唠叨个不停。旁边亲友们忙拉住两位老人，不停劝和，可是两位老人却越吵越起劲儿，弄得旁人不知道该劝哪个好了。两位老人你一句我一句，陪护员只能跑到办公室找领导来解决。当舒老师跑到她们房间时，两个人

还在争执不休。舒老师决定把两人先行分开，他把吴阿婆搀扶到外面冷静一会儿。

张阿婆是个性倔强的人，仍在房间大吵大闹道：“领导啊，你们把她调走，我不愿和她住在一个房间！”

舒老师征求了吴阿婆的意见，她坚决不同意调房。工作人员只得问个性火爆的张阿婆，让她调房，她当然也不愿意。

舒老师只好继续做吴阿婆的工作，他把她扶着坐下来：“吴奶奶，咱们不生气，生气对自己不好，我们生活在一个大家庭里，一定要和睦相处，相互体谅，张奶奶今天也有不对的地方，我们会和她女儿沟通，以后在你们午休期间尽量不要打扰你们。”吴阿婆毕竟是个通情达理的人，听了领导的话，情绪已经平复了许多。

舒老师又回到还在吵闹的张奶奶身边：“张奶奶，不要生气了，你看吴奶奶已经不说话了。大家住在一个屋檐下，要彼此体谅、互相帮助才是。待会儿吴奶奶回房间午睡，您千万不要再和她吵了。”张阿婆虽然性子急，却也不是胡搅蛮缠的人，逐渐收声了。

“吴奶奶，我带你回房间午休。”舒老师一边搀扶着吴阿婆，一边安慰她说，“待会儿见了张奶奶，她要是再说什么咱们就不说话，吴奶奶听话，我们要宽容一点，彼此相让一点。”通情达理的吴奶奶在舒老师的搀扶下回到了房间。

这时正在消气的张阿婆一看吴阿婆进来了，又大声嚷嚷起来：“你管得也太宽了，居然不让我说话，你天天听收音机我还没说呢，倒说起我来了……”又经过大家的一番劝说，她才平息下来。舒老师和几个工作人员总算是舒了口气。

一晚无事。

第二天，大家原以为风波已经过去，谁知陪护员突然慌张地跑到办公室门口：“你们快下去看看，张阿婆在卫生间门口堵着吴阿婆不让她出来呢?”舒老师一听顿时一惊,慌忙跑到她们的房间,这时只听见穆阿婆大声呵斥道:“张奶奶,你这是干吗?”

“她扶我的床,她干吗要扶我的床?”张阿婆大声说道。

“张奶奶,本来我不想干涉你们俩的事,可是你今天就做得不对了,我要批评你了,这个房间不是任何人的,是公家的,我们每人都有扶你床的权利。”穆阿婆严肃的表情和语气,又占着“理”字,把张奶奶说得哑口无言。

说来也奇怪,经过这次不大不小的矛盾后,张阿婆和吴阿婆两个人的关系反而更近了。后来工作人员问及她们两个相处的情况,陪护员说:“蛮好,现在两个人也说话了,还能彼此谦让,有的时候吴阿婆腿脚不方便,张阿婆还让她用自己的拐杖。昨天吴阿婆女儿买来的西瓜,还让我送给张阿婆一块。”说到这里,陪护员朝穆阿婆那里望了望,趴在舒老师的耳朵旁小声说道:“她们两个第二次吵架,多亏了穆阿婆劝解,穆阿婆在她们中间起了不小的作用。”听到这里工作人员都舒了一口气,601 室总算云开雾散,风平浪静。

在以后的日子里,她们相互体谅、互相帮助,让人看了都觉得真是让人羡慕的一对好姐妹。

孙阿婆自从骨折后一直卧床为主,这下房间里其余的三个阿婆都替她担心,每次自己的子女带来什么好吃的都会和她共同分享。这个问“你疼得轻点没”,那个问“你要不要喝点水”,“你饿吗?我女儿带来的点心你饿了好吃……”这些温暖的话无不打动着孙阿婆和房间里的每个陪护员以及工作人员。

记得有一天,陪护员一进这个房间正好看见穆阿婆颤颤巍巍地一手拿着报纸和放大镜,一手拖着椅子挪到孙阿婆的床前,慢悠悠地坐下来,脸上露出欣喜的笑容,好像看见“宝”似地说:“我看了一篇《骨折后病人的饮食与康复以及并发症的预防》,文章写得很不错,我给你念念,希望你能够赶快康复，好了之后我们一起到活动室活动，做操、唱歌……”

坚强的孙阿婆，忍痛点点头，感动地望着穆阿婆，认真地听着。只见穆阿婆坐在椅子上，一手拿着放大镜，一边身子极力地倾斜，为了能够清晰地看清报纸上的每一个字。穆阿婆已年过九旬，视力也下降了很多，每天看报纸几乎全靠手里的放大镜。看到她看得吃力，读得费力的样子，陪护员站在她们身后刚听了几句，鼻子就突然觉得很酸，眼泪忍不住在眼眶里打转……穆阿婆看到报上这篇文章，第一个就想到了孙阿婆。为了不让孙阿婆一个人躺在床上感到寂寞，穆阿婆每天参加完颐养院的常规活动，就坐到孙阿婆床边陪她说说话。孙阿婆以前扶着助行器能走点路，自从摔了一跤后以卧床为主，每天很消沉，好像这个世界抛弃了她，她成了个没用的人，吃喝拉撒都要靠他人。从她的表情可以看出，她对生活失去了信心，失去了希望。也许住在一个房间住久了的关系，穆阿婆早就看破了孙阿婆的心思，为了不让她对生活丧失信心，失去对美好生活的希望，她每天都会坐在她床边和她聊天，陪她看电视。

旁边的吴阿婆、张阿婆也不例外，她们像结交了几十年的老姊妹一样每天和睦相处。有一次穆阿婆和吴阿婆都要陪护员帮她们代购食品，每人各要两包饼干。陪护员把买好的东西送到她们手里，去办公室给吴阿婆找零钱时，发现孙阿婆床边放着刚买的两包饼干，一边的吴阿婆还在和孙阿婆推推让让。原来竟是穆阿婆和吴阿婆各自拿出自己的一份给孙阿婆。旁边的张阿婆床头柜上放着两叠零散的饼干。她们“四姐妹”间的这种无私和真诚的情感，深深打动了颐养院每个工作人员的心。

感动总是体现在细节之处，虽然只是日常生活里的一点一滴，却牵动着每个人的心。一天在颐养院搞活动中，吴阿婆的拐杖掉在了地上，她腿脚不好，离了拐杖寸步难行。张阿婆艰难地弯下腰，用那双颤抖的手给坐在身边的吴阿婆捡起了拐杖……真是“不打不相识”，曾经闹过不和的两人如今不仅冰释前嫌，而且在生活里互相扶助，不是姐妹却胜似姐妹。可见，每个人只要用一颗包容的心去体贴关怀他人，以友好的态度去对待生活中的每一个人，每一件事，人生就会布满鲜花，充满喜悦。

书　痴

安静的亲和源图书室，突然传出了大声争执的声音：

“哎！老林，为什么把书角折起来！这种习惯不好，你把它捋平后再放到书架上去，以后看书给我注意点，书是大家的！”会员赵老师一脸严肃。

众目睽睽之下，闻听此言，语气还如此令人难堪，老林颜面有点挂不住，他不干了：“不就折个书角，至于说话那么大声吗！再说了，这又不是你的书，什么叫‘给我注意点’？”

“这是亲和源的书，可也是我——我们大家的书，你知道什么？”

“所以呀，图书室的书大家都能看！”

……

图书室门外，值班的楼栋秘书茜茜听到争吵声越来越大，马上走进去一探究竟。原来是嗜书如命的会员赵老师在图书馆做义工值班，他退休前一直在小学当老师，所以大家一直称呼他赵老师。看到会员老林折了书角，一把将书夺了过来，放回书架上，才发生了上面的一幕。

“赵老师、林伯，都别生气，没什么事……大家都各让一步吧。”

“是呀，一点误会，别吵了，别吵了……”

经过秘书茜茜的耐心调解和周围会员的劝慰，两个“老小孩”终于避免了进一步的冲突。老林刚到亲和源社区三个多月，虽早有耳闻赵老师喜欢读书，但是不知道他居然爱书到如此地步，他虽然原谅了赵老师的不留情面，但依然不明白他为何如此激动，就问秘书茜茜。于是茜茜给新会员老林讲起了赵老师从爱书藏书到捐书赠书的故事。

赵老师是一名退休的小学老师，文学功底很深，是著名的儿童文学作家，影响整整一代人的儿童科幻小说《明天的花朵》就是他的成名作。在儿童文学创作领域里他是一位很有影响力的人物。年轻时，他就酷爱读书，工资收入的大半都用来购买图书，所有的“业余”时间基本上手不释卷，天天晚上“抱书入眠”。老伴儿常常打趣他：究竟书是你的老婆，还是我是你老婆？他也常常自嘲：此身唯一伴，书也。他的书房让书法名家，题一匾额：一伴斋。

赵老师喜欢读书，以书为伴，还喜欢写读书笔记，同书友们一起讨论并发表了很多有独到见解的书评。见过他藏书的人都知道，他读过的书依旧保持整洁如新，决不容许卷角缺页，有时书翻多了，难免有些皱摺，他都会用熨斗细细地把书熨平。对自己的每一本藏书，他都了然于心，上万册书，不用做索引，他立马可以在“浩如烟海”的书堆里把它找出来。对自己特别钟爱的藏书，比如《论语》、《资治通鉴》及《二十四史》等，他还会亲手包上自己制作的书皮，以防潮防卷。

经过多年的积累，到晚年时，赵老师的藏书达到两万多册，这样的藏书量对个人来讲，并不是个小数目。在入住亲和源之前，赵老师在市区的家，面积也不算小了，三室两厅一百多平米，全都塞满了书，连个转身的地方都没有。一进门映入眼帘的就是整面墙的书架，客厅、书房和卧室的区别，除了四面墙壁是书架、就是放了床、放了沙发、还是放了书桌……如果有人想借赵老师的书来一阅，赵老师也会应允的，但有个原则：必须在他家里读，不能带出家门。因为嗜书如命的他担心别人无意中弄脏弄坏自己的书，哪怕是折页都不成，更不用说如果不小心遗失了，平日温文尔雅的赵老师会心痛不已，甚至火冒三丈。

赵老师七十六岁了，性格有些内向，情绪有点孤癖，这同他的经历有关，特别是"文革十年"给他心灵和身体上都留下了永远不能愈合的创伤。

"文革"初起，全国盛行"抄书焚书"运动，冠以堂皇之名：破四旧。何谓四旧：封、资、修、反。凡封建余孽、资产阶级、修正主义和反革命，一律都在"打倒"之列。图书馆里只有马恩列斯毛和鲁迅的著作，其他统统被列为"踩上一只脚，让他永不翻身"的革命对象。

那时候，他刚走上教书岗位。藏书还不是很多，但也有几千册了。看到满街红卫兵都在大破四旧：剪裤管(裤管在六寸以下，被视作资产阶级的奇装异服)，游斗走资派、抄家烧书……不禁胆战心惊，唯恐自己的那些藏书难逃此劫。他绞尽脑汁实在想不出什么好办法，但总不能让书堂而皇之立在书橱里吧，那样很危险。他把樟木箱和衣橱里面的衣服统统拿出来，放在书橱里，把书放在衣橱和樟木箱里。折腾了一晚上，没少受爸妈的埋怨。20世纪70年代，上海是真正的"蜗居"，一家三口，住的是石库门后厢房，他和老爸老妈共一间卧室，不过用布帘遮挡一下。

第二天，他骑上自行车正要去学校，学校里那帮半大不小的学生红卫兵敲锣打鼓地上门来了，说是帮"赵老师破四旧"。赵老师爱书如命，名声在外的，怎么能逃得过红卫兵的"火眼金睛"。他们不由分说一拥而上，把赵老师的后厢房挤得满满的。一看，都傻眼了，"书橱还在，书橱里的书呢?"

赵老师苦笑着说："自觉革命，自觉革命，早就处理了，不用同学们辛苦……"

红卫兵们围着他，高举着红宝书，齐声朗读："灰尘不扫不会自己跑，敌人不打不会自己倒下！"

"搜！"小头头一声令下。

弹丸之地，能经得起"掘地三尺"般的折腾吗？

赵老师只记得，当几个红卫兵在撬樟木箱盖时，他直扑过去，头撞在箱盖上，只听得"嘭"一声，便什么都记不得了。

他醒来时，已经是一天一夜之后的事了。听老爸老妈说，开始医院不肯医治，怕是走资派反革命，后来遇上老妈的一个熟人，再三说明是一名小学教员，医院才给用药，只是轻描淡写地说："脑震荡，不会要命的，后遗症，说不清。"

后遗症，赵老师确实也没感觉到有什么。但从此后，赵老师变得容易动怒。

赵老师的第一拨藏书，据说被堆在学校操场上，烧了好一阵子。

他哭了，哭得呼天抢地、捶胸顿足。

从此，不少人背后说他"书痴"。

这是赵老师心中永远的痛。

"文革"之后，文化出版行业重新迎来了春天，随着赵老师在创作领域的声誉鹊起，事业兴旺发达，经济状况从无忧到有余，赵老师的藏书量与日俱增。同时他也形成了至今保持的生活习惯：经常读书至凌晨三四点，自己书房的单人床有一半都摆满了书，而他读书困了，就在半张床的空间里与心爱的图书共眠……

赵老师退休之后不久，老伴儿就离他而去。儿子要出国，担心父亲一人在家无人照顾，经朋友介绍，又作了实地考察，在多方权衡、反复斟酌后，决定让父亲搬到亲和源养老。但问题来了，赵老师的两万多册藏书怎么办？最后，为了儿子的前程，赵老师挑选了部分近期要读的书，其余的书就留在徐汇区康平路老家，自己搬来了亲和源。

赵老师入住亲和源转眼已经两年，他常常感叹，回顾一生，他有过三次重大抉择：一是选择当小学教员，这使他的儿童文学创作有了鲜活的生活来源；二是选择读书终身，这使他有了丰富的精神世界；三是选择了亲和源养老，安静和无忧是他进入老境后的期望，亲和源满足了他对养老生活的期待。

唯一遗憾的是取书不方便，读书人都知道，读书的最高境界也是最让人陶醉的境界——“坐拥书城”。

亲和源一个家，康平路一个家，他在两个家之间为书奔波。

2012 年元旦，有件事让他久久不能平静。

前一天晚看电视“迎新晚会”，睡得有点晚，想午后小息，却怎么也睡不着。拿起杨联陛的《国史探微》，翻了两页，破天荒地竟然看不进去。他知道，他在等儿子的越洋电话，继而默然一笑，自嘲地摇摇头，现在是美国时间的下半夜，儿子可能正在梦乡……他背着双手，踱了几步，凑成一首七绝：

岁月匆匆到腊边，
惶恐数载无新篇。
古稀之后万事淡，
换副门联便过年。

有人敲门，原来秘书茜茜来请他去参加会员迎新联欢会。赵老师一般不参加社区组织的活动，因为这次联欢会有当场对春联的活动，茜茜来动员他好几次，说他“才高八斗”一定能替五号楼争光。想想这是“关乎集体荣誉的事”，也就答应了。事后忘了，茜茜不来催，他也就不去了。

多功能厅里布置得“喜气洋洋、红红火火”，一派新年新春气象。会员们分“楼栋”组成一个个方阵。

秘书管理部为了联欢会的演出，看得出是经过精心策划的，节目大部分是老年会员们自己编、导、演。还有秘书们和附近学校志愿者的表演，节目精彩纷呈，掌声、欢笑声不绝于耳。最绝的“90后组合”，七位九十多岁的女性会员，个个鹤发童颜、浓妆淡抹，一袭长裙，仪态万方，在钢琴的伴奏下，一曲《魂断蓝桥》让全场连连叫好，欲罢不能，再加演一曲《玫瑰玫瑰我爱你》，听得全场如醉如痴，掌声雷动……

赵老师看到大家个个笑逐颜开，又看到秘书和亲和源员工在忙前忙后，一会儿扶着会员们上台表演，一会儿给会员们添水倒茶，一会儿还要帮着搬舞台布景……看到这些小伙子小姑娘们一个个忙得不亦乐乎，赵老师被深深感动了。茜茜走到他身边，给了他一张新年贺卡。贺卡上写着：“让我们一起过新年！”签名是一长串他认识和不认识的名字。茜茜用手机给他拍了一张照，说通过微博发给他儿子。他知道儿子同他们有联系。

到对春联节目板块了。游戏规则是：以楼栋为单元，对上上联赢100分，同时有权出上联，让其他楼栋对下联。如出联和对联不合规则，扣50分。

主持人琳琳首先出了一个上联：

天增岁月人增寿。

她的话音未落，三号楼的那帮“门球队”老头老太齐声嚷：

春满乾坤福满楼。

主持人琳琳说：“三号楼100分，但是抢答要先按抢答铃，谁的灯先亮，那个楼栋先回答，犯规，扣50分！三号楼出上联。”

三号楼的老孔是师大教授，教中文的，他站起来，一板一眼地说：

亲和源社区，乐融融，共度春夏秋冬，

一下子，会场变得鸦雀无声，大家都在咬文嚼字，斟酌推敲。

七号楼的黄伯按了抢答灯：下联是——

会员制养老，喜洋洋，同享太平盛世。

七号楼会员带头叫好，大家都报以掌声。

琳琳还是有点功底的："对是对上了，但对得不工，上联第三句，春夏秋冬是四季，对太平盛世，不到位。还有好的吗？"

大家又开始琢磨了，但有点冷场。

茜茜推推赵老师，示意他出场。赵老师连连摇手，他实在不想去抢这个"风头"。

茜茜不由分说，上前一把按亮了抢答灯，赵老师拦也拦不住。只得站起身，谦和地笑笑："很难很难，只能试试，见笑见笑……"他想了想，对了个下联：

会员制养老，情切切，来自东西南北。

大家又是一片叫好声。

琳琳请赵老师出上联。他想了想，出了条上联：

金龙起舞迎新春，

他不想出得太难，应景而已。

三号楼孔教授立马和道：

彩凤引吭歌亲和。

孔教授出上联：

案头幽兰春自韵，

二号楼徐老对道：

窗前翠竹岁常新。

徐老出上联：

元旦三更分二年，年年称心。

有点难度，大家一时踌躇。

赵老师笑答：

除夕一夜连两岁，岁岁如意。

联欢会上一片欢腾，掌声、笑声不绝于耳；叫好声、争分声此起彼伏。

赵老师也被欢庆的气氛感染了。

联欢会进入了高潮，亲和书画社的“高手”当场挥毫，在丈二宣纸上写下“龙马精神”四个大字，端的是笔墨酣畅，龙飞凤舞。

在大家齐声高叫“赵老师出上联，赵老师出一个”的催促下，赵老师见盛情难却，就连连说“现丑、现丑”，站起身来，出了条上联：

笔走神龙是高手，

几个楼栋方阵都在窃窃私语，一会儿，还是三号楼的孔教授朗声说：

诗吟鸣凤为雅客。

大家又一起鼓掌。

孔教授也来劲了：“我出个上联，求教赵老师。”

苍龙日暮还行雨，

赵老师想了想，就说“请教、请教”。一板一眼地：

老树春深更著花。

大家又是一片叫好声。其实孔教授和赵老师吟颂的，是明末清初思想家、诗人顾炎武的诗句。

在起哄声中，赵老师又出了上联：

辰年启吉千重瑞，

赵老师不用招呼，站起来对大家抱拳拱拱手：

龙年呈祥万户春。

念罢，又大声说：“给大家拜个早年！拜个早年！”想见好就收，在座的大多是上了年岁的人，他怕大家累了。

孔教授也站起身来：“再请教一联。”

德为世重，

赵老师略思索了一下，一脸认真：

寿以人尊。

两人相视,抚掌大笑。

元旦联欢会后,赵老师像换了一个人。经常参加一些俱乐部活动,也应邀为文学社讲了几堂“文学创作课。”

有一天在书画社,赵老师见陈伯把家藏的名帖《王羲之十七帖》大图全本,给大家翻阅临摹。赵老师大惊,对陈伯说,这可是珍本。陈伯笑笑,都是自家人,多读帖,读好帖,书法会有长进。

都是自家人!赵老师回味着。

晨光熹微,赵老师经常会在连廊里散步,他看到5号楼的门球场地上,每天都有一大帮会员做保健操。仔细观察,还会发现有两位领队的会员,领队的会员每天早上都早早地装好录音机,选择好音乐,调试好音量。锻炼结束后,他们还要把录音设备收好。有次赵老师对他们竖起大拇指:“雷锋!”他们摇摇手:“哪里,都是自家人!”

又是自家人,赵老师被震动了。

两天后,赵老师找来了秘书茜茜,商量把家里的藏书捐给亲和源图书馆的事。

在捐赠仪式上,赵老师激动地说:“书籍是人类共同的精神财富,而不是某个人的。”他希望这些书继续能起到传播文化知识的作用,这也是他永远不变的对书籍的一片痴心。

托付一生的地方

窗外月光下，树影婆娑，阵阵冷风吹过，使人禁不住打一个冷颤。护士小李坐在三楼护士台打起了瞌睡，也许在朦胧的睡意中感到一丝的凉意，不由得拉了拉身上的衣服，以抵御夜里的寒气。空旷的走廊从这头到那头看不见一个人影，寂静得连老人们睡梦中的呼吸声都能听得清楚。

“嘀铃铃……”突然传来的电话铃声把昏昏欲睡的护士小李吵醒。被惊醒的护士小李显得有些慌乱，拿起电话：“你好，三楼护士站，我是……”

电话那头传来急促颤抖的声音：“我是 3 号楼 705 室王阿姨的老伴，她半夜熟睡中几声急促的呼吸声把我吵醒，叫她几声却没任何反应，麻烦亲和源医院的医生赶快过来！”

护士小李听到此消息，似乎从刚刚的睡意中一下子清醒过来：“伯伯，你不要着急，我们马上就到！”然后干脆利落地放下电话，三步并作两步地跑向医生值班室，气喘中仍然口齿伶俐：“赵医生，3 号楼王阿姨突发急病，睡梦中发出急促呼吸声，呼叫她没任何反应，需要急救！”

闻听此言，赵医生“噌”地一声从椅子上站起来，脸上露出“战备”的神情，“嗖”地一声拎起急救箱，飞一样地朝3号楼奔去，身后紧跟着几名护士，她们每个人的脸上紧绷的神情都传达出这样一个信息——在这关键的几分钟里，也许就能挽救一个人的生命，必须争分夺秒！

几分钟后，医生和护士赶到王阿姨的床边，医生一边快速麻利地从急救箱里把血压计、体温计等各种器械拿出来，一边镇静地轻声呼唤：“王阿姨，我是小赵，你听见了吗？听到的话你说句话。”

站在一旁的伯伯矮小单薄，花白的头发下面有一张爬满皱纹的面孔，脸上的皱纹不停地抽动着，嘴里不停地嘀咕着什么，好像在为王阿姨祈祷，或许是紧张，或许是害怕，或许是担心，或许是焦虑，两条站立不稳的双腿不停地抖动，两只手不停地互相搓，脸色苍白得像刚受到什么猛烈的刺激和恐吓。

血压180/160 mmg，体温36.7摄氏度.脉搏110分/次，呼吸120分/次，各项检查数据都已经出来。赵医生冷静地发出指令道：“快，叫120，病人一直处于昏迷状态，初步诊断脑梗引起。”

10分钟过后，楼下传来令人浑身起鸡皮疙瘩的声音，救护车来了。

随后，上来了一个身材瘦小的男人，一头乌黑的短发，高高的鼻梁上架上一副黑框眼镜，手里拿着一个蓝色文件夹和一支笔，看似斯文，却面无表情。他身后跟着两个身穿统一制服的年轻力壮的小伙子。男人冷冰冰地上前一步，大声叫道：“病人叫什么名字？发病多久？家属签字。”四只粗犷而有力的大手把王阿姨抬上担架送上救护车。

救护车的长鸣声划破宁静的黑夜，打破了整个亲和源的安静，更纠缠着每个医护人员的心！

银白的夜灯，显得更加苍白；宁静的夜晚，显得不再安静。陪在王阿姨身边的工作人员心情沉重。车轮飞速地不停旋转，死亡的恶魔正在逼近，车轮在与魔鬼竞赛，原本不算长的路程让人觉得格外漫长。

半小时后，救护车到了浦东新区设备齐全的三甲医院曙光医院，停靠在了急诊室大门，慢腾腾出来个两个推着平板车的护工，四只粗犷的大手把阿姨抬到平板车上。挂号、缴费、诊断……开了一系列的诊断证明。急诊脑 CT 化验结果一出来：脑梗，需要住院观察治疗，随后护士小姐端来瓶盐水针给王阿姨注射。

“你们这有床位吗？”伯伯问道。

“没有，床位占完了，今天就暂时呆在急诊观察室一晚吧！”说完扭身走了。

没多久，王阿姨的子女摸着漆黑的路，陆续赶到医院，外面的风还在呼呼地刮着，空气中弥漫着伤感的气氛，每个人的心情都是那么沉重。

第二天一大早，一缕阳光偷偷地溜进了房间，照得急诊观察室明亮而又温暖，阿姨的眼睛微微睁开。眼睛里布满红血丝的伯伯，坐在床边一夜未曾合眼，看见阿姨睁开眼睛，露出欣慰的笑容，两手紧握阿姨的手，叫着她的名字，问：“饿了吗？”

王阿姨露出幸福的笑容，微微点头又闭上了眼睛。

一夜未合眼辛苦照顾的伯伯，显得更加苍老无力，面容憔悴，脸上没半点血色，原本瘦小的身躯显得更加单薄。

子女因为家离得远，白天要上班，下班后过来探望一下就匆忙回家了。

在曙光医院里，护理人员缺乏，病人又多，没有护工来照料王阿姨的基本生活。留在观察室几天没合眼的伯伯日夜照顾妻子，没有睡的床，就坐在塑料凳子上；没有被子，就用一个旧毛毯盖盖；没有热腾腾的饭菜，饿了就到门口便利店买个面包充饥……

躺在病床上的王阿姨看到了老伴那张憔悴又苍白的面孔，眼眶不由得湿润了。趁老伴出去买面包的时侯，躺在病床上的王阿姨心里突然感到一种凄凉，厚厚的白色被子下面包裹着一个瘦小的身躯，四面白墙的观察室内，除了几件简单的医疗设备，显得那么冷清。

突然，一个白色的身影从王阿姨眼前闪过，身穿白大褂的医生冷冷地说："明天可以出院了，没什么大碍，这里床位紧缺，没必要在这里继续蹲下去，这是你的出院证明。"随后是"咚"的关门声。

这时伯伯手捧一碗热腾腾的面条回来了，看见王阿姨半坐半卧在床上，脸上露出难得的笑容："我给你买了碗面，赶快趁热吃吧！"一边把碗放在王阿姨的床头，一边慌忙从抽屉里拿出一双一次性筷子。

"我吃不完，你也吃点吧！"王阿姨说道。

"好啊。"

伯伯和王阿姨共进这碗冒着热气的面条，你一口我一口地吃着。王阿姨的泪水在眼眶里打转，微笑地把这碗面吃完。吃完面条，王阿姨说："老头子，我们回家吧，医生说我在家里挂点盐水就可以了，不用在这里住下去了。家里有亲和源医院，那里也有医生护士。"伯伯思量了一下："好，我都听你的。"

"你好，亲和源医院，我是 3 号楼王阿姨的老伴儿，王阿姨今天从曙光医院出院……"伯伯马上拨通了亲和源医院的电话。

"好好，好的……明白，我们会马上安排。"前台护士放下电话，马上把消息转达给了医院领导，领导立即做了安排。几名护士准备好干净的床品，把床铺整理得干干净净，迎接王阿姨的到来。

下午三点半，救护车停靠在亲和源医院一楼大厅后门，秘书一边给阿姨挂号，一边跟护士站人员联系，护士小李接到通知马上拨通电话："董医生，王秀玲阿姨已经到了亲和源医院楼下，烦请你来会诊。"

"好的，马上就到。"

两分钟后，董医生和王阿姨及伯伯几乎同时进入房间。

"你好,王阿姨,现在感觉怎么样了? 曙光医院的诊断报告我看一下。"董医生笑着说。

伯伯递过诊断报告书,董医生仔细地阅览一遍,一边安慰身边的伯伯和王阿姨,一边说:"没事的,小脑梗,输完一个疗程的液就会恢复。"随即给王阿姨测了体温、脉搏、血压……

做完基本检查后,旁边的护士小李手拿菜单上前,温柔地说:"王阿姨,我来为你订今天的晚餐,我给你报菜名,你想吃什么给我说一声,我给你订。"

不久,颐养院护理院的管理老师带来一位看上去很朴实的护理员,面容和蔼可亲:"王阿姨,这是我们的护理员,她会 24 小时照顾你的生活起居。你还有什么生活需求,就直接跟我们说,力所能及的我们一定会帮你解决。"

透过窗子向外望去,远处是一片绿油油的农田,一阵阵微风拂来,让人觉得心旷神怡,室内暖色调的墙面让人觉得惬意……王阿姨的身上涌起一股暖流,因为她是第一次住进亲和源医院,周围所有的一切让她感受到了从没有过的安心舒适。亲和源医院的医护人员们,他们服务周全,热情周道,耐心和善。王阿姨由衷地感到庆幸,在晚年选择了亲和源,这里都是自己的亲人,这里就是自己的家!

一个礼拜后,王阿姨完全康复了,开开心心地回到了老年公寓 3 号楼。

一个月后,楼栋秘书突然给医院打电话,说王阿姨突然不舒服,头疼头晕。医护人员立即赶往现场,医生经过一系列的检查后诊断,可能上次脑梗又复发了,建议最好去曙光医院做脑 CT 拍片检查。

王阿姨迟疑了一会,说:"我还是在亲和源医院接受治疗吧,我觉得这里的医疗设备够用了,最让我放心的就是医护人员对我无微不至的照顾，你们再给我输一个礼拜上次脑梗配的盐水，我想输完之后会好的。”经过家属和医护人员的劝解，王阿姨仍不为所动，选择住进了家里的医院——亲和源医院。她觉得，只有住在亲和源才真正安心，只有亲和源才能让她托付一生。

梦想依旧年轻

四五月的清晨明媚而温暖，太阳刚刚升起，一切都笼罩在柔和的晨光中，让人觉得心情舒畅。

这一天，上海如往常一样，上班一族行色匆匆地赶赴自己的工作岗位，开始一天忙碌而充实的工作。亲和源传媒公司也和往常一样，每个人在自己的办公桌前认真地工作着，有的在接着电话，跟客户耐心地介绍有关事宜，有的正在编辑着什么，还有的人拿着稿件匆忙地在办公室里穿梭。快到了中午，办公室才安静了点，大家似乎都很享受着这份宁静，好像就连敲键盘的声音都轻下来。正在这时，一阵急促而响亮的电话声打破了这份宁静，好像每个人都被来电一惊。

“你们是怎么回事？说好了的规矩，你们怎么能擅自破坏，我马上过来找你们，跟我说说清楚。”电话一端的李爷爷气呼呼的，还未等接电话的人反应，电话就挂断了。

不一会儿，李爷爷就推开了传媒公司办公室的门，手里拿着一份刊物径直走到编辑面前，重重地把刊物往桌上一拍，怒气冲冲地说道：“你们看看，看看这是怎么回事？我写的文章怎么成这个样子了？不是署我的名字我差点都没认出来这是我写的，说好不能随便改我的文章，就算要改动也要事先征求我的同意。你们编辑当时还连连点头，怎么出尔反尔？”

“李爷爷，我看看……”编辑翻开刊物上的文章，“没错啊，是那篇文章，我们没有改动过，怎么会……”

“还不承认，我上周四专门送到你们办公室的，当时就这个小伙子在，我亲手交给他的。”说着一手指向办公室上周才来的新同事。

“是……是我改的，我……我不知道……不能随便改。”新同事战战兢兢站起身来。

“原来是这样，李爷爷，实在对不起！您看，我们新同事不知道您的规矩，未征求您同意就改动了您的文章，我们下次一定注意，您先消消气……”编辑看到李爷爷脸涨得通红，正在气头上，连忙扶他坐下，“您先喝点水。”

“真是的，没想到会发生这样的事，下次一定注意啊，千万别忘了！不过话说回来，其实这小伙子还真不错，文章改得还不错，只是不应该这样。”李爷爷接过新同事递来的水，平复了情绪，先前一脸的乌云逐渐消失了，说着笑了笑便走出了办公室。

李爷爷就是这么个怪老头，前一分钟还动这么大的肝火，后一分钟又变得完全没事。李爷爷是亲和源的老会员了，算算入住亲和源已经有一年半了，平日里是出了名的和蔼可亲的会员，脾气是相当温和，跟谁说他会发这大的脾气，估计还真没人相信。李爷爷是个文学爱好者，亲和源的每期刊物他都会来投稿，那是相当的积极，真是没有一期会拉下。怪就怪在他立下一个规矩，所有他写的文章都不能改动，就算是改动了也要征求他的同意。这么久了编辑部也是严格按照老人家的规矩做的，所以一直是相安无事，也可以说是合作得相当愉快。可是这次是新来的同事没弄清楚状况，把李爷爷投稿文章修改了并且登上了刊物，这才惹得李爷爷如此生气。谁也没想到这位平日里笑嘻嘻的和善老头会发这么大的火。

虽说编辑部里的每个人都一直按这个"怪规矩"办,可是每个人心里对这件事都相当地疑惑,为什么李爷爷会这样要求,文章为什么就不能修改呢?文章理应是不断修改才会更加完美,不管是自己修改还是他人修改。李爷爷为什么对别人修改他的文章如此敏感?这还要从李爷爷的经历说起。

原来李爷爷年轻的时候曾经是一名报社的小学徒,自幼喜欢读书作文的他在自己和身边的朋友看来,注定是拿笔杆儿的料,可是因为家里经济条件有限只能把他送到报社当学徒。

尽管当学徒的生涯很苦,每天就住在当时报社的地下室里度日,可是他仍然觉得值,至少他离文字工作很近,可以帮着报社里的师傅打打杂,学学文字,没准儿哪天能真正拿起笔杆当上一名作家把自己的文字登在报纸上。他也真的这样做了,日子虽然苦点,但他勤勤恳恳地做事,虚心跟着师傅学习,就这样艰苦地度过了六个春夏秋冬,终于让他熬到了一天,师傅允诺让他帮报社写几篇文章。兴奋不已的他拿起笔认认真真地写了几篇文章,满心期待在即将刊出的报纸上看到自己的文章,旁边署自己的名字。拿着刚刚印好的报纸,他怀着紧张又激动的心情仔细寻找自己文章的踪迹……终于找到了,那种欣喜的心情让他的心飘到了云端,读完自己的作品,视线自然落到作者栏上……天啊,上面居然不是自己的名字,而是师傅的名字。原来师傅瞒着他,将文章略作修改,冠以自己的名字登在了报纸上,六年来尊敬信赖的师傅居然骗了他!他感到激愤和委屈,可是胳膊始终拗不过大腿,他只是个小学徒,面对师傅赤裸裸的剽窃行为无能为力,只能愤然离开。

此事对他是莫大的打击,以后的"怪规矩"也是在这个时候立下来的,再也不允许任何人去修改他的文章。离开后他也去过几家报社工作，当过作者，也试过当编辑，可是多年下来依然成绩平平，默默无闻。在当时那样的社会，已经成家立室的他需要养活妻儿，一个穷作家难以维持基本的生计，家里已到了揭不开锅的地步。最后他只能为了一家子的生计丢下自己心爱的笔杆干起了别的……

知道了他老人家的这段经历，大家再也不觉得李爷爷定下的是什么“怪规矩”了，从心底里更加尊敬和崇拜我们这位和蔼的“老作家”。

尽管以后的日子好像因为他放下笔杆而找到了新的出路，日子真的越过越好，最后也算是一个成功人士，可是他心里一直就没放下过写作的梦想，平时只要有空闲的时间，就会随手写点东西，也一直保持阅读的习惯。转眼，到了退休的年龄。

退下来的他生活在亲和源，在亲和源里他不甘做一名默默无闻的老头，不甘就这样一辈子不能实现自己的梦想。因为一直有阅读大量报纸的习惯，他发现《亲和源报》上经常刊登会员的各种文章，那一刻他仿佛重新找到了施展自己才华的舞台，兴奋不已。于是，笔耕不辍的他成了《亲和源报》最执着的投稿者，期期来投，从不间断。

接下来的日子一切如常，转眼到了梅雨季节，连着四五天的阴雨，每天都是灰蒙蒙的，让人感觉到一丝的压抑。办公室里，整个编辑部都在议论怎么这期的刊物李爷爷没来投稿，显然期期来投稿的怪老头突然一改往常，不投稿了，大家都不习惯了。

嘀铃铃……办公室的电话响了。

“我是颐养院的秘书，你们赶紧过来一趟，李爷爷病了，在我们这儿发脾气，不配合治疗，谁也劝不了他，你们赶紧过来。”

放下电话，编辑一说情况，大家几乎是倾巢而出奔向颐养院，因为大家都很关心这个怪老头。走进病房，只见李爷爷躺在病床上，李奶奶和儿子无奈地站在窗边，护工无语地站在床边，李爷爷板着脸时不时的嘴里念叨着什么……原来连着几天的阴雨让李爷爷的旧患风湿关节痛

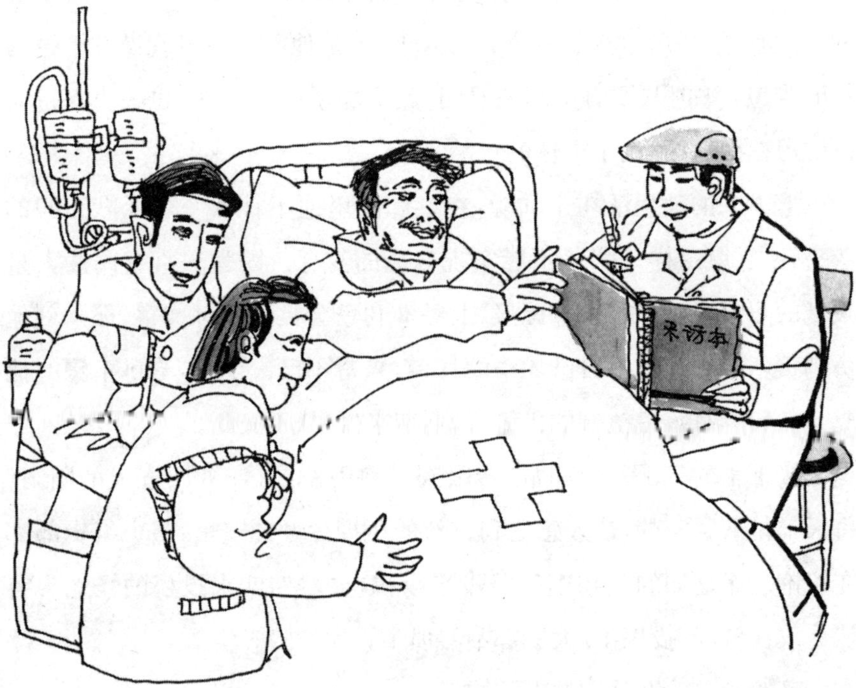
采访本

犯了，根本不能执笔继续写文章，可他坚持要写，李奶奶为了他的身体着想没收了他的纸笔，这一下可激怒了李爷爷，他跟老伴儿发脾气吵着要写文章，把颐养院的工作人员都惊动了，可谁也劝不了他。

编辑见此情况，并没有按家属要求劝说李爷爷放弃写作，而是走到他床前握住他的手："李爷爷，你想写什么？您口述，我们帮你执笔，您看行吗？"

李爷爷感动地向我们投来一个坚毅的眼神，没有多说一个字，只是频频点头。

就这样，在我们整个团队的帮助下，李爷爷在病榻上完成了他的文章，没有落下这一期刊物。最后，在整个亲和源的共同努力下整合了李爷爷以往所有的文章为他出了一本个人文集，帮助他实现了年轻时当作家的梦想。

在亲和源里，像李爷爷这样的会员不在少数，他们可能在年轻时无奈放弃了个人梦想，却在自己的晚年在亲和源里重拾了自己的梦想。亲和源在他们实现梦想的道路上总是给予大力的支持和鼓励，让老人们不会因梦想未成而抱憾终身。

亲和源是老人们安享晚年的乐土，也是老人们追求梦想的舞台，在这里每位有梦想的老人都可以高喊："我的梦想不是梦。"

小家安在大家中

“什么？大弟又住院啦？”方洁回到家刚放下行李，接到小妹方凌打来的电话，无奈地皱了皱眉，“好容易这两个月身体好些，才和你姐夫出去了一趟。唉，小妹，这两天辛苦你和二弟了。”

“大姐，没关系的。”方凌在电话里的声音透出一丝疲惫，“这几年，你和大姐夫一直在照顾大弟，最难的就是你了。谁让他摊上这个病呢，这样大姐，你休息一天明天再去看大弟吧。”

一夜无眠，方洁和爱人老徐琢磨着，大弟方诚出生那阵，家里从苏北避难到了上海，他从小体质就弱，不少慢性病就是年轻时候落下，又没有及时的治疗，慢慢拖到了现在，快 70 岁的人了，一个人住在父母留下的老房子里。虽然市中心看病是方便，但是家里兄弟姐妹几个人轮流陪护确实也很辛苦。何况兄弟姐妹也大都退休年老了……接下来的日子怎么办呢？

老徐犹豫了半天，支吾说：“老方……我有个想法，你看哦……不过说说的，你看看……行不行？”

“讲呀，男人哪能吞吞吐吐的？”方洁推了一把老徐。

“我们这次去旅游，不是有个老哥说现在流行到老年社区养老吗？住在那个老年社区里，有医院、有食堂、有人照顾，我们让大弟换个环境，老是住在淮海路那里，空气也不好，声音又吵……不利于他养病……”

“什么？让我大弟去住养老院？”方洁从床上坐起来。“你昏头了？养老院能住吗？靠一些护工管着大弟，出来一趟还要写请假条，这是养身体还是伤身体啊？不行。要去你自个儿去。”

“啊呀，你不要急，不要急。”老徐也坐了起来，帮着爱人顺了顺气，慢斯条理地分析道，“你看，现在的养老院可和以前不一样。你也听那位老哥讲了，那个地方是个住宅社区，里面提供的是专业的老年人服务。而且关键在于……”老徐顿了顿，“那个地方有医院可以直接看慢性病，有餐厅可以不用做饭，还有人管理。大弟在那样的环境下，或许会好些。而且，我也想过了，我们为啥不一起去呢？女儿在加拿大已经拿到绿卡了，她可不会再回来照顾我们了。如果那个地方确实不错，我们一起搬过去，正好就近照顾大弟。”

方洁听到老徐耐心的解释，若有所思。

一周后，方诚病情趋于稳定，出院回家后，方洁便跟他谈了他们两口子的想法：“大弟，我和老徐想了之后，已经去亲和源实地考察过，就是报纸上、电视上经常报道的那家老年公寓。环境、配套什么的都不错。我们也问过医生，住在郊区一点，比现在住在淮海路好，污染、噪音什么的会少很多。关键是那里适合老年人住，你看我们也都70多岁的人了，说不老吧，其实已经老了。我和你姐夫都觉得，我们一起住过去，两家互相有个照应。反正那里医院、餐厅什么都有，也方便。”

方诚点点头，理解大姐的意思，他说：“我倒没什么，住哪里都一样。反正我平时就是看看书、看看报，网上炒炒股票。可是大姐和姐夫为了我反而市区里不住，要搬到郊区住，我很不好意思。”

方洁笑着说："一家人说什么两家话！一开始我就是去看看，没想到到了亲和源后，一下子觉得那里小区环境也好，里面住的人也好。再说也不太远，现在都算是浦东新区了，离地铁就几站路，每天还有早晚班车。老徐还说我，才去了两次，好像就喜欢了。对了，你炒股的话，那边还有老股民，我看到几个 80 多岁的人在那里炒股，精神老好的。这样吧，过几天我们再去一次，你看看自己喜不喜欢，反正我们一家人，住在一起倒也开开心心的。"

方诚表示同意。再去亲和源那天，大姐方洁两口子、大弟方诚、二弟方浩一家和小妹方凌全方位地在亲和源考察了一圈，从硬件设施到活动室配套，从服务内容到性价比，一大家子人热烈地讨论起来。

方凌突然说道："大姐、大哥，既然你们决定要住过来，我想，我干脆也住进来算了。反正我退休了，我们家老张常年出差，还有几年忙的，我和你们搭个伴，老张回来就回市区住，他出差我就和你们一起住，倒也挺开心的，省的我一个人在家闷得慌。"

方浩也跟了一句："小妹，要我说，你买张会员卡住进来，倒也算个不错的投资。你想，现在市区的房价大家都知道，只涨不跌，这里倒好，买张会员卡就可以选房入住。不过，你年纪轻，要多照顾大哥大姐，我也常常来，一家人在这里碰头倒也蛮好的。"

经过一番讨论，大姐拍板，既然家里都商量好了，那各自收拾收拾，6 月份一起搬进亲和源。

6 月中旬，亲和源迎来了特殊的一家人——方家兄弟姐妹。大姐方洁性格直爽，有什么就说什么；大弟方诚不太出门，姐夫老徐倒是常常串门；小妹方凌喜欢参加社区的舞会和"大家唱"活动，还报名参加了多功能笛的学习，有时爱人老张也住过来，度假休息。

方诚依然是方家的"轴心"，偶尔姐妹都外出的话，也会委托楼栋秘书安排、提醒他吃饭、吃药，定期检查血糖、血压。慢慢地，一家人都适应了在亲和源的生活。兄弟姐妹频繁走动、互相照顾，比原先分别住在市区各个地方反而方便得多。

半年多后的某一天，二弟方浩到大姐家中，突然气呼呼地说："大姐，我怎么听说这里的人对你有意见呢？说你只关心自己和大哥，不像小妹到处转悠，和别的老人都混得挺熟的。你倒好，还整天傻开心。"

"理那么多闲话干嘛？"方洁白了二弟一眼，"我又不是为别人活着的，我和老徐本来就是为了照顾大弟才住过来的，我们一家人自己管管好就可以了。我还要说小妹呢，没事管那么多干吗？我就觉得我们这样挺好的。"

"这倒是，大姐。说到底，我们自己一家人顾顾好也不容易了。"方浩说，"你们平时该干吗就干吗，反正该享受的服务一个不落。我就是听了点闲话，大姐你也别往心里去。"

"你大姐都70多岁的人了，哪里会在乎这些？"老徐边上插话，"不过我觉得，小妹也不错，你们别去说她，她一个人，总要多跟别人打交道。她喜欢热心帮人，就让她去吧。"

"好了，好了。"方洁推了一把老徐，"我不说她就是，反正各人有各人的活法，我只要我们家里人好好的就行。"

这天晚上，方诚突然手脚无力，脑子一片空白，他硬撑着拉下房间的紧急按钮。亲和源的监控中心收到报警后，立即由值班秘书上门了解情况。发现方诚已经呈现突发性脑梗的迹象时，值班秘书小赵一面通知值班医生上门，一面拨打了120急救电话；同时，另一位值班秘书小于立即通知方洁、方凌两位会员到方诚家碰头。

两姐妹赶到方诚家时，方诚隔壁的刘阿姨已经张罗着把家里的窗打开了；楼上的会员汪医生也率先赶到方诚家，用标准的姿势帮助方诚躺平；值班秘书小赵招呼其他赶来的会员先散开，让医生和救护车先走，并提醒方洁两姐妹把医保本和备用金拿上。

“啊呀，出门急了，钱没带。”方洁叫了起来，“小妹，快回去拿！”

“别回去了，”隔壁的陈阿姨说，“我家老头子常备用的，喏，3000 块你们先拿去，救护车已经来了，快去医院吧！”

“好好，那就谢谢了。”方洁也不推脱了，和方凌一起，在值班秘书小赵的陪同下一起去曙光医院了。

第二天一早，陪了一夜的小赵接到刘阿姨、汪医生的来电，询问方诚的情况。小赵回复道：因为送医及时，经过医生紧急抢救后已无生命危险，现在还在恢复期，因为方诚伯伯体质偏弱，要住院观察一周左右。

几天后，方诚终于苏醒过来，发现手脚麻木不如之前活络，非常沮丧，闷闷不乐。大姐方洁看在眼里，难过在心里。

得到消息赶来的方浩陪伴方诚的几天里，意外地看到了不少亲和源的邻居们：刘阿姨、陈阿姨、薛阿姨、胡伯伯、汪伯伯，好多叫不出名字的亲和源会员陆续前来探病，也就稍坐一下就走，并不打扰方诚的休息。

80 多岁的胡伯伯说得好：“方二弟啊，知道方大弟平时好静，我们也就是来看看他，给他送些他喜欢的书、碟片，让他好好养病。你也知道，你这个哥哥心思重，这时候就要人多来一些，分散他的注意力，别一门心思想这个病那个病的。我们老年人谁没个头疼闹热的？我也脑梗过两次，但是家里人陪我过了两关，你看我现在不好好的？”

另一位邹阿姨也握着方诚的手劝慰道：“小方啊，生病谁愿意呢？这次也不是什么大毛病，在我们亲和源，你可是小阿弟了。哪里就眉头皱起来的？”

方诚平日里就受到隔壁邻居邹阿姨的关照，平时串门、借书什么的彼此很熟悉。他静了一会，才支吾着：“邹阿姨，我不是担心，我就是觉得自己生病拖累身边人，你看你们这些老同志，年纪都比我大，还来看我，我大姐和小妹也是轮班来，我觉得自己麻烦啊。”

“别胡思乱想的，自己好好养起来，要吃东西才有抵抗力。我们本来在家也没什么事，想吃什么别客气，我们在家里烧好了，坐班车来才一刻钟。谁嫌麻烦了？你要是这么下去，才让人急坏了。”邹阿姨拍了拍方诚的肩，语重心长道，“大话我也不会说，你就是自己努力好起来，早点回亲和源去，在家里康复什么的，每天坚持做，就不相信你好不了。到时就不会觉得拖累谁了。”

望着邹阿姨虽然布满皱纹却明亮清澈的眼，方诚好像一下子想通了，微笑着点点头。方浩一旁看着，更是为亲和源老人们的睿智和豁达所感动。

方诚的病拖了半个月才见好，每天都有会员前来给他鼓励，还有更多人托亲和源的健康秘书们送来问候和祝福。不少会员来探望时还送上了鲜花，让方诚的心情越来越好，积极地配合治疗。

出院回家那一天，方洁、方浩和方凌看着被亲和源会员围绕着的方诚，突然顿悟：这个家庭已经不再只有他们兄弟姐妹，而是一个和睦美满的“大家庭”，一个幸福互助的“大家庭”。

与青春结伴

（亲和学堂游学故事三则）

在亲和学堂的大门口，一块墨绿色的大理石上，镌刻着美国作家塞缪尔·厄尔曼的诗体散文《青春》的节选：

青春，不是一段飞逝的年华，而是人生的一种态度。

青春，是坚定的意志，恢宏的想象，炽热的情感；是生命之泉的源远流长。

青春，意味着勇敢战胜怯懦，进取代替安逸。

岁月的流逝，就一定会导致衰老吗？须知暮气沉沉是因为放弃了对人生真谛的追求！

故事一：比基尼皇后

王芬、周丽、袁诗曼，她们的年龄分别是58、68和78岁。因为住在同一幢楼里，而且原来都是卫生系统的，所以经常玩在一起，学在一起，乐在一起。这次一道报名参加海南三亚游学，自嘲为“三八别动小组”。别动，就最好什么都不动，老了！

这次游学活动的带教老师是亲和源管委会主任奚志勇，他是长江商学院四期 EMBA 学员，主张老年教育是现代社会教育的一部分，老年教育的发展和模式应该与现代教育同步。这次三亚游学他强调八个字：“注重体验，形成案例”。

到三亚后，入住亲和源三亚俱乐部。每个学员都收到了第一份教案，上面写着教学内容、时间、地点、要求等。

第一堂课：时尚沙滩文化

在着装要求一栏里特别注明：泳装。

在说明一栏里特别建议：女性选择 BiKini

“什么是 BiKiNi？”周丽明知故问。

“就是比基尼！”王芬一脸真诚。

“呵……”旁边的袁曼丽有点迟疑：“我可只有直统统的游泳衣。”

看来，58、68 和 78 岁都知道比基尼的含意。

梧桐一叶落，天下尽知秋。

但是三亚的海边依然是一片夏日景象。

近得黄昏时一阵强似一阵的海风，才让人渐渐感到了一丝丝的凉意。午潮已经退尽，一望无垠洁白的沙滩，坦呈在蓝天碧海和郁郁葱葱的林带之间。

一排芳草亭前摆着一长溜沙滩躺椅，人头攒动处竖着一面亲和源的大旗。早到的学员已经开始活动：有躺在沙窝里的，人还不停嚷嚷，要同伴朝他身上堆砂。晒了一下午的细砂铺在身上，仿佛压迫周身无数的热流向自己的心房涌去……有在打沙滩排球的，柔软的细沙似乎总是拽着双腿，应该接到球，老是在指尖上飞过……有躺在浴巾上的，枕着一本书，晒着日光浴，似乎在酣睡，然而躲在墨镜后的眼睛，决不会放弃身边掠过的每一道“风景”……

“快点，快点，大姐，人都走光了。”58 岁的小芬早就穿着比基尼在走廊里跑来跑去，还不停地敲着小丽和小曼的房门。这次出来游学有一个规定：自己在名字里选一个字。然后前面冠上一个“小”字。于是王芬成了小芬，周丽成了小丽，袁诗曼成了小曼。小曼还说，再过两年就成 80 后了。

小芬从 28 岁那年生下儿子以后，足足用了 30 年的时光，来高度关注自己的体重和体型。在亲和源，她是美格菲健身会所的基本成员。无论是有氧操还是瑜伽，她都“尽心尽力、亲力亲为”。身材似乎定格在她当年的 28 岁。

小丽和小曼推开房门，她们都穿着长长的浴袍，把自己裹得严严实实。小曼还嘟哝了一句：“我快八十了，一生连裙子都没穿过，还让我穿比基尼。”一丝苦笑，无奈地摇摇头，她一直在部队穿军装惯了。

小芬看了她俩一眼，再看看自己。迟疑了一下，返身回房也穿上了浴衣，放弃了穿着比基尼穿过宾馆大堂的炫耀机会。

穿过公路就是沙滩。

尽管是旅游淡季，沙滩上还是一片欢腾，大半是老人和外国人。中国的休假体制尚未同国际接轨。所以许多旅游景点，国定假是见人不见景。平时是见景不见人。如是旺季，三亚宾馆的房价令人咋舌。

“三八别动小组”找了条长椅坐下。

“下海吧？”小芬问。

小曼摇摇头：“等天黑吧。”她不愿意在光天化日之下穿泳衣下海。

“晒日光浴。”小芬继续提议。

小丽看了小曼一眼：“穿着浴衣晒日光浴？”

小曼还是摇摇头。

一群外国人，好像是南美的，还有几位黑人。边弹着吉他，边围着圆圈跳桑巴。强劲的节奏，奔放的舞步，扭动着身躯，摇摆着四肢，特别是几位穿着比基尼的金发少女，不停地边迈着舞步，边邀请中国游客加入他们跳舞的行列，特别是穿着比基尼的中国女性。

当他们发现亲和源游学团时，更是发出阵阵欢叫声，露出一脸的惊讶和喜悦，纷纷邀请大家跳舞。

小芬早已按捺不住了，特别是当一位黑人吉他手向她走来时，便跳将起来，回头问了一句两位同伴："去跳吗？难道我们真的别动了？"不等她们回答便迅速脱下浴衣。呵，粉色白花的比基尼，背后系带的胸衣和三角裤，"合情合理"地把小芬30年"塑体工程"的成果完美地展现出来。

哪里是58岁女人的身材，青春的活力依然令人炫目。

小丽赞许地点点头。

小曼无奈地摇摇头："让我穿比基尼跳舞？就真像60年前，在比基尼岛上引爆原子弹那样，要引起轰动了。"

小丽瞅了她一眼，心想这位"老太太"也够纠结的，她对比基尼肯定调查过。1946年美国在太平洋比基尼岛上试爆了原子弹，18天后两位名叫雅克·海姆和路易斯·里尔德的法国人，推出了抹胸式上衣和底裤式泳衣。立即风靡时尚服装界，被誉为法国的原子弹，从此这种款式的泳装，被命名为比基尼。

小曼其实是欣赏比基尼的，戎马一生、"革命"一生，其实她的思想并不保守。这种近乎内衣的款式，毕竟突破了当时人们传统思想的底线。但她一直习惯把比基尼穿在别人的身上。想都没有想过，自己也会去穿比基尼，毕竟已年近八十了。

桑巴舞的圈子越来越大，亲和源游学团的学员差不多成了沙滩舞会的主体。白发、金发和黑发，混搭在一起掩盖不了一张张兴奋的脸，泳装也无法掩盖激情摆动的身姿和肌肉，同样是白色、黑色和黄色的肌肤……

小芬满脸通红，兴奋地跑出人圈，拉住小丽和小曼："来吧，一起跳。"

小丽迟疑不决，小曼友爱地帮小丽解开浴衣，顺势推了她一把："去吧。"小丽也就跟着小芬跑进了人圈。小丽的泳装很素雅，蔚蓝色丝光底料配鹅黄色缎质滚边，看得出是精心挑选过的。

小曼长长地吁了口气，目光从五光十色不断晃动的男男女女身上，移向西边的天际，漫天灿烂的云霞、夕阳留恋地在云隙间委身大海、白浪、摇曳的椰林和欢快的人群……

小曼她心头一紧，仿佛被记忆唤醒，思绪又飞回了那遥远的、遥远的……

不是在海边，是在朝鲜战场，那逶迤起伏如波涛一般的山地，一场恶战后短暂的宁静……

她从上海医专毕业后，主动要求参军。来到了正是五次战役刚刚开打的朝鲜战场。

在昏暗的坑道里，她给最后一位伤员清创包扎，她已经记不起时间了，现在是白天还是黑夜、黎明还是黄昏……她直起身子，揉揉有些酸痛的腰际，太累了，真想找个地方躺一下。他来了，就是后来成为她丈夫的医疗组组长。拉着她的手，把她拖出了坑道……

啊，满天铺满美丽得让人心醉的晚霞……

突然，满脸是汗的小丽和小芬走到她身边，不由分说一人一条胳膊架起她就走……

小曼还没有回过神来，已经身不由己地跟着她们跑进了人圈。

小曼记得那天跑出坑道，漫天的彩霞也让她头晕目眩。

突然四周响起掌声……掌声像海潮一样涌来……小曼向四周一看，呵，一张张笑脸，一张张青春洋溢的笑脸。有带教老师、有小丽、小曼、有亲和源的同伴、有黄脸、黑脸、白脸，当然还有他……呵，老了许多。

那天，她被他拉出坑道，伤员们坐的坐、躺的躺，围在她的四周。他在她耳边轻声说："不是刚学了段朝鲜舞吗，慰劳慰劳战友们。"

她喜欢跳舞，主要是因为她一直为自己的身材自豪，舞蹈最能展现身姿。

他为她敲起了朝鲜筒鼓。嘭、啪嘭，嘭、啪嘭……鼓点在催她起舞……

吉他声又响起来了，摇摆的桑巴，掌声合着节奏，合着大家的舞步……

能拒绝他吗？能拒绝他们吗？

尽管很累，累得迈不开步。身边响着战友们的掌声。她看着一张张刚刚经历了血与火，生与死，但依然写满青春和热诚的脸。

她慢慢褪下浴袍，呵……海滩边响起一片惊呼声。依然细腻的肌肤，修长的四肢、满头的银丝、红得像火的比基尼，随着她优雅的舞姿，像一轮骄阳在漫天云霞中穿行。

她的舞姿，有桑巴的风韵，有迪斯科的放纵，有校园青春舞的底蕴，还有朝鲜民族舞的痕迹……舞者，当她全身心投入，就会步入至圣至幻的境界。她陶醉了，轻盈地旋转着，舒展着无拘无束的身躯，脸上绽放着晚霞般灿烂的笑容。

小曼陶醉了，为自己依然秀美的身姿，为朝鲜战场的战友，为相濡以沫 60 年的他，为亲和源的兄弟姐妹，为红得像火的比基尼，为自己依然青春的追求……

一位蓝眼睛的白人小伙子，气喘吁吁地挤进人圈，为她献上一束娇嫩的勿忘我花，在她身边大声宣布"bikini queen"。

她的脸红了，红得像海平面上的一抹红霞。

故事二　泡吧奇遇

亲和源这次游学的第二站，下榻在三亚海边一家五星级宾馆。宾馆里有一家酒吧开在大堂主楼的外边，在一座小山脚下一片椰林中，地中海式的一幢别墅。

老马和老周是茶友，在亲和源，每天下午他俩总在三号楼下面的茶餐厅一起喝茶。知己品茗神聊，乃人生快事。

游学要写论文了，老马敲敲老周的房门："喂，学长。出去找个喝茶的地方，给点灵感。"

他们原来是上海交大的同学，老周学船舶，老马学机械。

老周对他说："去泡吧。"

"我没有去过酒吧。年轻时有酒吧我没有钱，后来我有钱了没酒吧。现在有钱有闲有酒吧，但时过境迁，那是年轻人去的地方。"

"我们就要去同青春结伴。"

两人朝大堂外走去，心照不宣，其实他俩早就留意那地方了。晚上喧闹白天幽静，午后，正好去图个清静。

"Your Bar"老周大声读着挂在二楼阳台上的招牌，然后笑笑："你的吧。"

老马也笑笑："友之吧。"

别墅底层三面有窗，窗明几净，窗外绿影婆娑。一式的老榆木家具，靠窗是一圈卡座，中间是吧台，靠墙是一排书橱。

二楼传来隐隐的音乐声，老马说："先去瞅瞅。"

老周知道他喜欢唱卡拉OK，就随他上楼。二楼更宽敞，因为多出了一楼厨房占用的面积，还延展出一个很大的露台。露台边有一个小乐池、一架电子琴、一把小提琴、一把吉他，琴声漫不经心，如同细语。楼上上座率似乎高一点，看了一圈，老周拖着老马下楼。

老马在窗台边找了个位子："我坐这里，有泡吧的感觉。"

老周笑笑，指指吧台前一根搁脚的横木说："这根木头在英语里叫Bar，最初在美国西部，牛仔们都喜欢在小酒馆里喝酒。那时他们都是骑着马来的，所以许多酒馆的老板在门口设一根横木，让牛仔们拴马。后来经济发展了，开车的人多了，骑马的人少了。老板们便把横木拆下来，扔在柜台下面。没想到成了泡吧的顾客垫脚的好地方，大家纷纷仿效，这根叫'吧'的横木就成了酒店的代名词。"

吧台后的调酒师是个年轻小伙子，对老周竖起大拇指："这位是老吧客了吧，今天让我也长知识了。"

老马横了老周一眼："做过功课了吧。"又对调酒师说："来瓶 94 长城，学长，你一瓶够吗？"

老周摇摇手："老马，每人先来杯薄荷利口，有兴致再改喝其他的吧。"

老马总觉得酒吧好像不仅仅是喝酒，应该可以喝出些什么其它名堂。否则年轻人不会把泡吧两字常常挂在嘴上。

老周踱到书架前，目光浏览了一下，书架上摆放着中外古今不少好书。书籍排列整齐，没有被翻烂的样子，看得出读书的人都爱惜书，不像许多酒店发廊，在迎宾区随意扔几本破杂志和书。

老周很快就发现一个奇怪的现象，无论是外文还是中文，同一本书都是有两套放在一起。比如：有两套《红楼梦》放在一起，巴金《随想录》也是同样地放两本，英文版的《飘》也是两本。

可能是书架上的书都是精选，同时被挑选的概率会高，想得真是周全。

老周取下一本法国杰出的批判现实主义作家司汤达的《红与黑》，

文革后的中译本，足足有60年没重读《红与黑》了。想当初，自己还是在大学时读的《红与黑》，看到一半，就同当时的她牵了手。他被小说主角木匠的儿子于连·索黑尔在花园里同德·瑞那市长夫人牵手的情节所深深感动。

于连的牵手难道不是"勇敢战胜怯懦"？于连能作出如此大胆忤逆的举动，基调必然有"青春"的冲动。

老周企盼在三亚海边的酒吧里，重温一下"与青春作伴"的感觉，他找了一处临窗的卡座。

读书，应该也是泡吧的一种享受。

新版的《红与黑》同旧版相比，装帧漂亮多了。译文也更为"信雅达"，他径直翻到第六章，同于连一起直接进入了十八世纪法国外省维立叶尔小镇的那座恢宏的庄园……

老马听见楼上有人在唱歌，一个小伙的声音，五音不全地在唱《桑塔洛奇亚》。他坐不住了，端起酒杯踱上楼去。

老周望着他的背影，莞尔一笑，继续看他书……德·瑞那先生刺激了于连的自尊，难道这是于连敢于伸手握住德·瑞那夫人那只柔软纤细高贵，但傲慢冰冷的手的理由？不，作家司汤达不会那么粗糙，老周一直困惑了几十年，于连·索黑尔难道没有爱的理由？

酒吧二楼那位青年唱罢，竟然没有掌声，既然没有人捧场他就得放下话筒，这是酒吧的规矩。

过了一会，纤弱的提琴声又幽幽地响起。接着，深沉而饱含磁性的男中音慢慢地跟琴声响起，像一道汩汩的流水，波澜不惊地袭来："……叫我如何不想你……"三十年代，黎锦晖的，老马开唱了，老周会心地笑笑，知道他是麦霸。

老周的目光没有离开《红与黑》……于连在犹豫，他的手已经触摸到了德·瑞那夫人的手，她的手迅速地缩回，但是那只美轮美奂的手没有离开椅子扶手，伸手就可以握住她！

德·瑞那市长还在喋喋不休，于连一句也没有听进去。只知道他在嘲笑自己，胸中的愤怒像海潮一样，一次又一次涌起来，去握住市长夫人手的念头，也像海潮一样一次一次涌起。

老周也不去理会德·瑞那市长在说些什么，目光迅速地在字里行间浏览，寻找着有关于连的关键词。

于连终于伸出手去，紧紧地握住德·瑞那夫人的手，不容她挣扎、不容她抽回、不容她颤抖，紧紧地握住！

……就在夜色浓浓的花园里，就在德·瑞那市长面前那张桌子的底下，就在女仆爱丽沙躲在窗后窥视的目光下……

老周长长地呼了口气，目光慢慢抬起。咦，面前不知什么时候出现了一个头发染成金黄色的小伙子。他在右耳上打了个孔，挂着一个耀眼的金色耳坠。

“老先生，”他堆起一脸讨好的笑，普通话中带点广东腔：“能商量个事情吗？”

“什么事？”老周很不爽，原本想好好回味回味《红与黑》那段最经典的情节，心里再次感悟：什么叫“大煞风景”。

“能不能把你这本《红与黑》让给我用用。”依然一脸的卑谦。

用用？书能用吗？会不会说话。老周心想：“书架上不是还有一本吗？”

那小伙子双肩一耸，双手一摊，摇摇头，然后又朝旁边指指。

老周顺着他的手指，朝那边一看。在对面靠窗卡座上坐着一位不算太老的老妇。南方的女人会保养，常常是猜不出年龄的。但看得出她气质优雅，富贵气逼人，她的面前也放着本《红与黑》。

“我让给你用用，怎么用？”老周好奇地问。

“嗨！”那小孩子一脸的不屑：“你不知道这里的规矩？”

老周一脸茫然，不知道应该点头还是摇头。

“为什么这里书架上每种书都有两本?”小伙子自问自答:“那就是为了交友嘛，这是这里‘友吧’的规矩，拿同样的书，就是可以交友的表示啦。”

老周哑然。虽然酒吧在内地重新高张“艳帜”之后，自己从没有去过，但对酒吧自以为还是熟悉的，60 年前和她第一次牵手，就是在淮海路武康路口的福来森酒吧。

那时上海的酒吧文化，在全国甚至世界，也算是独树一帜的。基本上有三类酒吧，形成三分格局和三种情调。一是校园酒吧，二是音乐酒吧，三是商业酒吧，各有各的受众和“粉丝”。

就全国来说，还有地区风格。有人评论说，北京的酒吧粗犷本色，上海的酒吧细腻伤感，广州的酒吧热闹繁杂……

时至今日，酒吧作为深夜不归的一种默许，越来越成为年轻人的战场，也成为城市亚文化和新新人类的领地。所以，酒吧复兴之后，老周就从未涉足，想不到时下酒吧还生发出那么多的规矩，老周颇有些物是人非的沧桑之感。

“老先生，成人之美吧。”小伙子已经是一脸哀恳了。

老周迟疑了，心里隐隐有一丝失落和失望:“你，你想同她交友。”朝那窗边努努嘴。

“人家是富婆。”

“噢……”老周明白了，沉吟了一下，不知道是什么缘故，老周对那小伙子抱歉地一笑，慢慢地摇了摇头。

“撞到大头鬼了。”小伙子嘀咕了一句，一脸悻悻然，起身扭头就走。

老周朝那女士瞟了一眼，她仍然那么淡定和优雅，似乎并没有在看书，因为半天都没有见她翻过一页。

老周有点心猿意马了，也半天翻不过一页了。满纸的字和满眼的字，但他都不知道读了些什么字。

他闭上眼，眼前就出现当初的她，也坐在酒吧里。靠窗的卡座，一抹斜阳把她的轮廓勾上金边……

他睁开眼，那边的她斜着身子，抬着头，在眺望窗外的风景，似乎在等待那一抹斜阳。

他合上书，向她走去。心想，我难道没有于连·索黑尔的勇气！

“美女，这里能坐吗?”老周指指女士对面的空座。他知道称呼美女是眼下的时尚。很久了吧，用这样的腔调同一位陌生的女子“搭讪”。

“可以称呼我为阿霞。”女士友善地点点头，并主动介绍了自己。或许她不希望第二次有人用“美女”称呼她。

“我姓周，可以称我老周。”他一下就恢复了平静，也从容多了，“您也喜欢《红与黑》。”

阿霞会心地笑笑，没有点头也没有摇头。

“喜欢于连这个人物?”

阿霞摇摇头。

“同情他?”

她仍然摇摇头，显得很矜持。

“你认同法律对于连的指控：于连利用德·瑞那夫人和玛特儿·小姐的两段感情，向整个上流社会开炮。”老周坚持选择拿这本书做话题，因为他还没有想好其他话题。

“不，于连是用他的两段感情，在向自己开炮，寻求毁灭。所以《红与黑》才会是悲剧，真正的悲剧。”

阿霞的回答，让老周大吃一惊，非等闲之辈。

她一脸的真诚：“老周，谈谈你们亲和源吧。”

老周立马一脸惊讶，看来人家选时选书选位选人都是有备而来。

“你们的游学活动，我很感兴趣，都是步入晚年的人了……”

老周有点失落，人家是“醉翁之意不在酒”是冲着亲和源来的，但说起亲和源，老周又浑身来劲。于是给她大谈会员制养老、生活模型、健康绿皮书……

窗外满地的三角梅绽放得如火如荼，海风摇曳着蕉叶如歌如舞。楼上依然传来老马那如梦如痴的歌声，他在唱《苏州河边》，那是首怀旧老歌。经他颇有特色的演绎，变成了缠绵的倾诉，深沉的咏叹……事后，老马的游学论文是：唱给自己听，那叫卡拉，唱给知音听，那才OK。

一抹斜阳，悄悄地爬上阿霞额头，把银发染成了金发。

老周陶醉了。

也是事后，有人打趣老周，说他“酒吧艳遇”，老周一脸认真地更正：是亲和源他乡遇知音……

故事三　球场风波

去打高尔夫？

“我们不会。”三十几名学员齐声回答，就是摸过球杆的也说不会。会与不会，谁都不清楚标准是什么。

83杆还是90杆？100杆还是120杆？

初学打高尔夫，因为技术的不稳定，下场后无论打9洞还是打18洞，作为成绩的标志，击球的杆数会出现让人啼笑皆非的波动。

只有真正掌握了高尔夫技能，他的杆数才是水平的体现。

高尔夫的乐趣之一，就是下场之后努力降低偶发因素的几率，使掌控成为真正的竞技。

高尔夫运动，是一种对土地有特殊要求的项目，要满足徒步几十公里的运动量，必须有一定规模的区域；地形的独特和变化也决定了这片球场的品质和个性。

遗憾的是，土地一直是我们国家经济发展的关键词。高尔夫的发展和普及，必然会带上时代深深的烙印，否则不可能在亲和源会员中普及率会差强人意。

“当初抗大的教学理念是什么？”带教老师问。

“在战争中学习，在学习中战争。”

“我们的教学理念是什么？”

“在体验中解读，在解读中体验。”

“OK。三人一小组，一组男生带一组女生。女生负责执行比赛规则和考评，并实施奖励，自由组合。”

王芬拉着周丽、袁诗曼高声说：“谁要我们？我们有皇后！”

“我们要。”男生们齐声说

“讨厌！”

老林是唯一带着球杆包的，他去过练习场，但基本上没有下过球场。这次来三亚，儿子硬让他把球杆包带着，说周末会飞过来陪他打球。在机场托运时，老马就拍拍他的球杆包对他说：“什么时候我们比试比试。”

机会来了，老林自然拖着老马和老周。

“我们很专业的。”王丽本来就和老林他们熟，住在一幢楼里。

老林就问王丽：“知道比赛规则吗？”

“当然。”王丽有点不屑：“今天打 9 个洞，谁把球弄进洞去的次数越少谁就赢。”

“也对。”老林听着别扭，但想想也就那么回事。

“要借个球杆包吗？”老林看其他准备下场的学员在借球杆包，也就问老马、老周。

“你不有吗？借用一下不就行了，不一样是借吗？再说我们有秘密武器。”老马诡秘地笑笑。

老林疑惑地笑笑，怎么借？几杆下来距离拉开，为根球杆来回跑？再一想，大家也就是玩玩，将就点吧。

这样也好，只要请一个球童就够了。球童是一定要的，一个球童顶半个教练，特别对不大下场的“菜鸟”，老林也就释然了。

会员们先先后后下场了。

亚龙湾球场一共有四个发球区，两个女子发球区，两个比赛发球区，老林是唯一会打球的，自然到了比赛一号发球区。

老林从口袋里摸出一支塑料“T”，插在草地上，然后手搭凉棚，看了一下300码开外的果岭，对身边叽叽喳喳说个不停的小丽、小芬说：“雅静，按规则，高尔夫赛场不准大声喧哗的。”他又对老马、老周说：“把球打到对面果岭，进洞，用了几杆，杆数最少者为赢，第一次我们不较真，体验。”

“不不，比赛第一，体验第二，友谊第三。”老马一脸“严肃”。

不用老林吩咐，球童已经抽出了一支发球木杆，老林儿子是一家民企的老总，打球有点水平，球具是 Taylormade 的，著名品牌，看看装备的等级就知道了。

“握杆应该是这样的：两手连结在一起，右小指放在左食指和中指的夹缝里……”老林好心地演示给两位球友看，尽管他不是球场“高手”，但也中规中矩、见老马一脸不屑，老周爱理不理，也就自嘲地笑笑，自管打球。他在球前移动了一下身躯，试挥了几下木杆，比试了一下，然后屏气凝神，只见双臂一挥，腰肢一摆，“啪”一声清脆，小白球应声而起，在半空中划了一道漂亮的弧线，落在100余码的草丛里。

“好哇。”小芬一边拍手，一边蹦跳。

“雅静，”小曼朝她嘘了一下，又朝老林后背指指。小芬立即噤声，还朝老林后背扮了个怪脸。

老林看看球落地的方向，似乎有点得意，又似乎有点不满。在身边这辈“倩男靓女”们的干扰下，自己的发挥有些“技术失误”。

他刚转身想把球杆递给老马，谁知老马并不理会。只见他纵身一跳，扬臂一挥，耳边“呼”的一声，那颗 2 号球掠一道白光，如流星般飞去。

想当初，他是交大田径队的，练就了一支无敌标枪，2 号小白球稳稳地落在百步开外。

“你这是违规。”老林有点气恼。

“闪开，看我的！”语音未落，只见老周一个腾挪，右手把 3 号小白球轻轻一抛，左脚小移一步，身体朝后一仰，右腿一个风摆垂柳，飞起一脚，只见那球似离弦之箭，嗖地腾身而去，直至半空一个鹞子翻身，悠悠然落入草丛，尽管见高不见远，但也与老林老周的落点相近。

“旗鼓相当，伯仲之间。”老周满脸自得，还摇头晃脑。

“好。”小丽连连欢呼：“有创意，有创意，八仙过海，各显神通！”

“好什么好，你们这是犯规，这不叫高尔夫。”老林立刻把脸拉长了。

球童在旁也看得目瞪口呆。

小曼拉起老林：“继续、继续，重在体验，看正宗高尔夫如何打败草根高尔夫……”

老马又不爽了：“什么叫正宗高尔夫，老林，你说说高尔夫的历史。”

“你们做过功课没有？”老林就喜欢摆谱，“高尔夫已经成为目前流行的时尚运动，所以各国有各国的说法。比较正宗的是苏格兰起源说，古代苏格兰人在放牧时，用一颗圆石击入野兔洞的游戏，就演变成了后来的高尔夫运动。苏格兰的圣安德鲁斯球场是高尔夫的圣地。每个高尔夫球手都希望在那里打场球，规则规定必须用高尔夫球杆把球击打进洞，否则只能算是手球和足球！”

“又趁机攻击了。”老马撇撇嘴，“苏格兰人打石子时，难道就用球杆了?”

“我倒比较相信中国起源说,有明朝的《宣宗行乐图》为证,那时就有种运动叫路掬,为什么叫路掬,还不是一边走路一边打球,我们不就是这样。”老周说。

大家七嘴八舌,边走边找球,小丽她们也帮着找球,大呼小叫的。找到球后,打的打,掷的掷,踢的踢,两三下,都把球弄上了果岭。

毕竟手掷的有准头,老马的球,离开着球洞不远。只见他趴在地上,闭左眼睁右眼,瞄了瞄,用弄堂里小孩子打玻璃球的办法,大拇指一弹,球稳稳当当走了一条直线,进洞!

果岭上一片欢呼,小芬的掌声最响。

到了临“洞”一脚,老周露出“软肋”了。尽管离洞不远,左一脚、右一脚,球不是划着洞旁溜过,就是到洞口戛然而止。又一次竟越过洞口而过,“太重了,脚头太重了,”老周懊恼得直拍大腿。最后好不容易把球挪到洞口,才一脚把它踹了进去。

老周已经是一身汗了。

“臭球,跟中国队一样,临门一脚不行。”小芬在埋怨老周。

“是临洞一脚。”老林从球包里抽出推杆,还不忘“攻击”一下老周的脚头功夫。

老林的球,离洞三码多,一杆进洞有点玄。只是给老周、老马他们一搅和,弄得心情烦躁,他定定神,平平气。他知道无论内行外行都明白,果岭上的表演最夺人眼球。

其他几组学员也都打完了,基本上是新手,打一个洞,杆数无法计算,只是体验一下高尔夫的场地感觉,而且大家都有了共识,先要打好练习场,带教老师领着大家都围上了老林他们的果岭。

老林见大家都来了,心里越发有了压力,他再次目测了一下距离,选定了球路,不平的草,用脚踩了踩。

老马故意问小芬:“老周几杆?”

“记不清了,淘汰。”小丽说。

“我几杆?”老马又问。

“你 5 杆。”

“你这能算杆吗?”老林知道自己打了 4 杆。如果这一杆进洞,也是 5 杆,不过是平手。

“怎么不算?”老马抡抡手臂,“我这叫臂杆。”

老林无奈地摇摇头,再次拿起球杆,果岭上顿时安静了下来,目光全集中在老林的球杆上。

老林定神屏气,他有点犹豫,球杆在小白球上掠了一下,眼睛再次斜瞄了一下洞口,不给力不行,给太多了也不行。呵,是技术,是感觉,还是撞大运!

老林的球杆击球后,顺势轻轻推了一下 1 号小白球,球稳稳地朝球洞奔去。

小白球牵动了所有人的视线,它轻轻地滚动着,不偏不倚,就是朝球洞的方向,到了,快到了!

似乎一切都静止了,连呼吸,连林里的鸟叫都好像静止了。

“呵。”随着全场的惊呼声,小白球迟疑了一下,终于在球洞边停下了。

“哈哈。”老马乐得直拍大腿。

老林气得脸一阵红一阵白,狠狠地把球杆一摔,掉头就走。

小丽和小芬忙上去,把他拦住,并把他拉了回来,他嘴里还在嘟噜:“秀才碰着兵,有理说不清……”

带教老师举起双手,示意大家安静:“谁来宣布比赛结果。”

“我来。”小芬说:“我先宣布成绩,我们一号组,老林 6 杆,老马 5 杆……”

“好哇，老马……”大家一片掌声。

“但是，”小芬提高了嗓音，“冠军是……”

大家鸦雀无声。

“冠军是，”小芬顿了一下，“老林。”

大家都奇怪地看着小芬。

“因为老林为我们大家表演了最正宗的高尔夫运动，”小芬一脸的认真。

“好呀……”大家一边起哄，一边鼓掌，并七嘴八舌地：“奖励，要有奖励……”

“奖励？”小芬想了想，“就让我们的比基尼皇后给个拥抱。”

“好呀。”一片欢呼。

小曼楚楚地走过去，轻轻地拥抱了老林一下。

腾地一下，老林的脸涨得飞红。

赵阿姨的志愿人生

在亲和源老年俱乐部的大办公桌上，一直放着一张七寸照片，一群快乐的老人在世博会中国馆正门口露出开怀的笑容。他们就是老年主题活动历年来邀请的会员志愿者。每一次的春夏秋冬令营，都会从会员中选出一到两名志愿者，参与协助主题活动，让第一次到亲和源体验养老生活的老人感受亲和源人的热情与真诚、健康与快乐。这群可亲、可敬、可爱的志愿者，代表着亲和源人的形象，留下了许多感人的故事。其中，志愿者赵阿姨的故事最为人津津乐道。

赵尔芬阿姨是老年主题活动的第二任志愿者，她帮亲和源活动部做了几期春夏秋冬令营的志愿者，特别是经历了 2010 年世博会夏令营和秋令营，她的热情豁达和无私奉献，被大家所称道，深深地印在了营员们的脑海里。

2010 年的世博会主题夏令营开营了，赵尔芬阿姨接到老年公寓的邀请，高兴地成了亲和源老年主题活动的志愿者。虽然是第一次做这个工作，但是她好像挺熟门熟路的。每天迎接营员、带队去早锻炼、上车时候清点人数、下车时候提醒大家注意安全……原来她是参加过秋令营的营员，体验了亲和源的养老方式后才成为会员的。当时她就被热情、认真、细心的志愿者感动了，决心如果有一天成为亲和源的会员，也要像他们那样，加入春夏秋冬令营的队伍中来，成为一名传递热情和爱心的好义工。

夏令营的第三天，是那一年夏令营的最高潮，也是难度最大的一次活动——游世博园，参观中国馆。大热天游世博，大部分场馆都人满为患，门口大排长龙，十分辛苦，更何况要参观最热门的中国馆，即使拿到入场券也要在外面排队至少两个多小时。那次夏令营的团员组成结构惊人，28 名营员中 80 岁以上的老人有 8 位，占了近三分之一！工作人员感到任重道远，任务艰巨。

出发那一天的早上，沈营长点完名后问："大家到了世博园，最要紧的事情是什么？"

赵阿姨作为夏令营的志愿者，第一个就响亮地回答："注意安全！"接着又意想不到地补充了几句，"我们老同志到了人多的地方，又热，容易中暑，我带了清凉油、人丹，需要的找我哦！我是义工，就是为人家服务的亲和源会员！"原来赵阿姨在接到担任本次夏令营志愿者的工作后，还作了周密细致的工作计划，连防止中暑的药都自费准备好了。

"谢谢我们的好义工！"营员们纷纷说道。

"没事儿，不客气的呀，这点儿药花不了几个钱，有备无患。"赵阿姨露出明朗的笑容，真是"一片真心待人，万语千言难书"。

进了世博园，果然到处人山人海。特别是中国馆，很多人被拦在铁栏杆外等票，只有进入铁栏杆，才有资格排两小时队进入。这时候，天公偏偏不作美，开始飘起雨来了，逐渐越下越大。老人们不能站在露天，必须到亭子里避雨了。

为了让近 30 名高龄老人参观中国馆，沈营长跟世博园相关人员作了多次交涉，得到答复，可以预留 20 张中国馆入场券，但不是常规办理购票的形式，因为不可以公开买票。只能是照顾老人，到了园区以后，去 7 号门的天桥下面拿票。到了世博园 5 号门，沈营长就收到短信，可以马上去拿票。可是天下大雨，工作人员除了沈营长，只有一位指导员小陆了，28 名高龄老人啊，沈营长一去可要半个小时，老人们的安全如何保证？这个时候，赵阿姨站了出来："沈营长，你安心去为营员们拿票吧！我和陆指导员一起看着这个队伍，没事儿的，保证安全。我以前做过工会主席的，也组织过很多活动。"哦，怪不得这么专业，工作有条不紊。沈营长松了一口气，后来才知道，赵阿姨不但是工会主席，而且还做过党支部副书记，曾经和国家领导人一起工作、开会。这样一位老人，居然没有一点儿架子，平易近人，自己都 70 岁了，还乐于为营员们服务。

约莫 20 分钟，沈营长冒着雨跑回来了，从 5 号门奔到 7 号门，又从 7 号门奔回 5 号门，因为心急，路上摔了一跤，牛仔裤的膝盖处渗出血来。他不顾伤痛，急忙问："营员们都在吗？都还好吗？"

"没事儿的，不要紧的，沈营长，有我在啊！"赵阿姨热情的笑脸，开朗的话语，顿时给了营员们踏实安全的感觉。

世博会刚开始的第二个月，别说是个人，就是一般的旅行社，出钱都拿不到 10 张以上的中国馆入场券。这次能拿到，真是托了高龄老人团队的福，受到了世博会相关部门的重视。本来答应给 25 张票，让 28 人中的 25 人进去，另外三人可以推着轮椅进绿色通道，不用排队，正好安排 28 人。但是，入场券只拿到了 22 张，那已经是可以拿到的极限票数。怎么办？怎么安排都少 3 张。委屈 3 名营员？没有一个乐意，他们都是冲着中国馆才来的。工作人员不进去，那么包含 8 名 80 岁以上老人的团队谁来管理？谁来带队？赵阿姨不进去，就更对不住了，主动报名当义工协助了这次任务艰巨的夏令营工作……

"营长，我没事儿的，不要紧的。先保证营员每个人都能进中国馆，不要考虑我！”赵阿姨好像看出了沈营长的纠结，二话不说，就把原本属于她的入场券递给了一名营员。简单的一句“不要紧的，我没事儿”简直成了赵阿姨的口头禅。她的热情豁达、善良无私，又一次感动了大家。可是，还有两个人只能站在铁栏杆外面，眺望美丽的中国馆，轮到谁呢……大家都不作声。

两名没拿到票的营员急了：“我们来一次夏令营，就我们俩没有看到中国馆，不知道有多遗憾呢！”沈营长想：只有工作人员把票给他们了，但是，这样团队就群龙无首了，能够保证安全么？

赵阿姨又一次挺身而出，说道：“各位老同志，现在因为票子少，我们工作人员也进不去了，你们去欣赏美丽的中国馆，也只能自己注意安全了。小沈、小陆跟各位也相处三天了，她们把你们都当作自己的亲人对待。你们的安全出问题，亲和源会追究这两个孩子的责任，她们临时要离开你们，也是没有办法。营长为了让我们早点儿拿到入场券，摔得右膝盖都出血了，就把她们当成自己的子女吧！不要让她们在外面一边在下雨天受淋，一边还要担心你们的安全。”

听完这话，营员们顿时安静下来，神情严肃。来世博园之前，营长曾经把队伍分成三组，每组都选出一名组长。这个时候，第一组组长讲话了：“赵大姐，您放心，我们不会让孩子们担心的，我带着第一组组员，安全进去，安全出来。”第二组组长马上也高声问：“我们第二组怎么样，又没有信心安全进去，安全出来？”“有！我们大家都有信心！”组员齐声道。

沈营长看到老人们如此体谅工作人员，把她们当成自己的孩子，感动得流下了一行热泪，说：“那现在大家进中国馆，注意集合时间：下午四点之前。集合地点：澳门馆兔子尾巴下面广场上！”

老人们进中国馆了，沈营长和小陆在中国馆的外面等待着，10分钟，20分钟，30分钟，40分钟，50分钟，60分钟……时间怎么过得这么慢呢？老人们排得动队吗？人流那么多，会不会走散了？天气这么热，会不会热得晕倒？8 位 80 岁以上的老人啊，如果安全出来，真可以刷新世博参观团年龄记录了！焦虑，焦虑……时间越长，沈营长和小陆越感到不安，只能眺望着红色的中国馆，祈求菩萨保佑了。两小时过去了，陆续开始有营员出来：一个、两个、三个……老人们往澳门馆的兔子尾巴下方的广场走来。近了，近了，他们陆续都来了。

“营长，我们第一组都按时到齐了！”

“营长，我们第二组也到齐了，特别是 4 位大哥大姐，他们都安全到了！”“第三组怎么样？怎么少了两位？”沈营长仔细数着人数。

“营长别担心，有两位向我请假去买点儿世博会纪念品，都安全出来了，我点过名了。”第三组组长马上安慰焦急的沈营长。

“下午 4 点，澳门馆兔子尾巴下面，各位营员都到了吗？”

“我们都安全到齐了！”老人们很自豪地喊出了这句话，集体的荣誉感油然而生。

“营员们，你们是最棒的！这次大家都能参观中国馆，多亏了赵阿姨，我们都要感谢她！”

团队中“谢谢”声此起彼伏。

从那以后，沈营长就和赵阿姨成了忘年交、好朋友，也了解到她选择来亲和源的原因。

原来赵阿姨第一次来亲和源，是她媳妇帮她报的名，参加了一次“与青春结伴”老年主题活动的秋令营。她的儿媳看到公公去世后，婆婆一个人生活太孤单，为了尽孝，帮她预定了一套亲和源老年公寓。开始，她以为儿子嫌她在家里影响了他们小家庭的生活，要把她送到养老院去，一肚子的不高兴。听说在入住亲和源之前，可以参加体验活动，所以媳妇给赵阿姨报名参加了秋令营，让她体验一下亲和源大家庭的生活，顺便拜托沈营长做通老人的思想工作，让她成为亲和源的会员。

通过秋令营集体生活，体验亲和源活动中心20个兴趣小组的各式活动，尝试了康复型理疗会所的水上运动康复桑拿，重阳节登高，游览东海大桥，新场古镇游，摘采南山金橘……随着秋令营一天天地进行，3名营员对亲和源的养老新生活理念理解得越来越清晰，彼此之间的感情也越来越深厚。向往释放自己，重塑自己人生的欢乐晚年。

后来赵阿姨的媳妇来到亲和源，跟秋令营的沈营长道谢，还说了一段关于赵阿姨的趣事。原来赵阿姨在秋令营结束之前，听说金秋十月一过，会员卡费要涨价了，她儿子预订的那套小居室如果不及时付全款，就会被别人买走，一回去就催着儿子赶紧准备余款。儿子一看老妈转变这么大，跟她开起了玩笑："妈妈，您上次说坚决不去的，所以我本来打算撤销定金算了，还有几十万余款现在公司周转用到别的地方去了，没有那么多现金，得卖掉您市区那套小房子才行呀！"没想到赵阿姨想都没想就说："不要紧的呀，没关系的，那就卖房，我要住到亲和源去！你们不知道，那里房间里有厨房有卫生间，是给我一个家，不是一张床！那里不是老人院，关起门来是自己的小家，打开门是个大家。会员们一起上兴趣小组课，聊聊天，很开心的，这次很多秋令营的同学都买会员卡了，我一定要去的！"赵阿姨真是个性情中人，认准一个理儿，就一定会坚持到底，弄得儿子哭笑不得。秋令营结束的第三天，他就来办了付款手续，顺利让母亲成为了亲和源会员。

自从赵阿姨进了亲和源，社区里就多了一个活动积极分子。她喜欢画画，报了个书画艺术班；喜欢插花，报了插花艺术班；喜欢串珠子，就参加手工艺社的活动。隔壁邻居生日了，她就编个寿桃送给人家作为生日礼物；发现亲和源楼栋秘书桌子上的水笔很多，没有笔筒，就编了一个精美的凯蒂猫笔筒悄悄地放在秘书桌子上；圣诞节快到了，又编出一个笑逐颜开的圣诞老人，作为挂在圣诞树上的圣诞节晚会的礼物，把快乐让大家分享；正逢亲和源老年基金会为支援玉树灾区进行的慈

善拍卖活动，向会员征集拍品，赵阿姨就自己出钱买材料，加班加点地编出了一款晶莹剔透的白菜串珠艺术品。问她为什么做一株大白菜，她说："唉……冬天快来了，不知玉树灾区的老人是否有房住，有衣穿，有白菜吃啊。我做株大白菜，就是提醒大家，我们吃饱穿暖了，可不能忘记地震灾区的兄弟姐妹！"最后赵阿姨的这株大白菜工艺品，因为涵义深远，被买家以 5000 元的高价拍下，赵阿姨把钱悉数捐给了亲和源老年基金会。

有人对她说："你自己总归留 500 块串珠料费和辛苦费吧，为了赶这个拍卖会，熬了几夜才完成这株大白菜的。"

她却笑着说："不要紧的，没事儿的呀。我多 500 块少 500 块都一个样，灾区的老人多了这 500 块，可以多买 100 棵真的大白菜了。要是年轻个 10 岁，我还想亲自去玉树看望那些受苦的老姐妹呢！这点儿钞票算什么？"

最近赵阿姨又迷上了摄影，亭子下坐着对弈的老人、挥毫泼墨的书画爱好者、随着优美旋律舞动的身影……都成了她镜头里定格的美好瞬间。原来老年公寓俱乐部新开了摄影兴趣小组，她也报名参加了，以前一窍不通的摄影，现在成了她整天研究的主题。

偶尔沈营长遇到她，问她在亲和源住得习惯不习惯。她就说："习惯习惯，老开心的。昨天我还跟着摄影小组的朋友一起去了顾村公园采风，那里的樱花可漂亮了，下次推荐俱乐部组织亲和源会员一道去玩，看看上海春天的美景！"

哦，赵阿姨就是这样一个有爱心的人，遇到好的事情，总是先想到大家，想到把自己的快乐与他人分享。一位把"不要紧的，我没事儿"挂在嘴边的，豁达、热心、无私的亲和源的模范会员。

转　变

周二上午九点钟，一对熟悉的身影又出现在亲和源医院康复科的门口，他们是会员老严夫妇，他们是来这里做康复训练的，已经坚持了有半年时间。

老严在妻子的陪伴下，在长廊里慢慢走来，一路上妻子不断给老严指示，提醒他往哪个方向走，注意脚下，不要摔倒。老严身材魁梧，180厘米的身高，让他虽年过八旬，看上去依然有当年的风采。

妻子小程却是个娇小的女子，160厘米不到的个子，站在老严身边，虽然早已两鬓斑白，却仍显得委婉斯文。老严总爱一口一个"小程"的唤她，在她的陪伴下，拿着拐杖，迈着小步子，哼着小曲，慢慢走着……相濡以沫的画面让人不禁轻轻跟着哼起《牵手》这首歌。

两个人是在同一单位工作时相识的，然后相知相爱，携手走过了几十年的风风雨雨。老严是名离休干部，老革命，当年是划着船来解放上海的。他酷爱唱歌，无论是革命红歌还是周璇、邓丽君的"靡靡之音"都是信手拈来。很多熟悉老严的生活秘书，常常同他开玩笑："老严，您当年是哼着小曲划着船来解放上海的吧？"逗得他呵呵地笑起来。

可是半年前，却发生了一幅令人心酸的画面——小程吃力地推着轮椅前行，老严歪着身子坐在轮椅上，嘴里不时发出痛苦的呻吟声。

老严夫妇第一次出现在亲和源医院的康复科，是因为老严胸腰椎退行性病变压迫神经导致左下肢乏力不能行走，腰部疼痛，左大腿外侧皮肤针刺样疼痛，夜不能寐，坐立不安，在其他会员的帮助下来康复科就诊。

康复科的杨医生在询问过病史后，为老严进行了体格检查，并给老严制定了一个治疗方案：低频电流刺激——缓解疼痛，放松肌肉，磁热振荡治疗——改善受压迫组织代谢，缓解疼痛。

但在询问病史的过程中，每每老严刚要说话，却被小程抢先回答了，整个过程中老严就没说过一句完整的话。是被疼痛折磨得难以表达，还是另有隐情？

开始治疗后，问题出现了。老严坐在轮椅上不能下来，谁扶他起来都不行，一用力就疼得直叫，连小程也拿他没办法。不能离开轮椅，就无法进行治疗。

正当所有医生都努力想办法的时候，坐在轮椅上的老严向小程不停摇手，脸上表现出不耐烦的表情，小程明白老严的意思，他是不想做治疗，打退堂鼓了。杨医生见此情景，上前说道："严叔叔，您要有信心，只要您按照我们的提示配合做，我们一定能移动到治疗床上去。"

老严刚要开口，小程便说："算了，我们还是回去了，他人太高大，体重也大，你们搬不动他。"

杨医生试图再次与老严沟通，但小程已经推着老严准备离开。

为什么小程不让老严说话，表达他的想法？老严的表现有点奇怪，看上去语言功能上可能有障碍……杨医生的脑海里闪过一个个问题。不能让他们就这样回去，于是他上前拦住小程说："阿姨，叔叔是不是还有别的问题，如老年性的退行性病变？一些言语和认知功能的改变？"

小程惊讶的语气中有着不自觉的颤抖:“你是说我们老头子有老年痴呆?不会的,他就是年龄大了,记性不好,最近腰痛得说不出话来。”

“阿姨,是不是老年性的退化,我们做些简单的测试就可以知道,如果有这个问题,我们也要早点介入治疗,才能控制发展。”杨医生耐心解释。

小程面有难色,轮椅上的老严又开始疼得呻吟起来……

“腰痛的问题我有信心可以缓解,但前提是我们要相互信任,要能沟通,才能顺利开展治疗。老年的退行性病变更不能忽视,否则以后会丧失生活自理能力,增加家庭的负担。”杨医生顿了一顿,继续温和地劝慰老人,“其实每个老人去做脑部 CT 都可能有小脑的萎缩现象,只是每个老人萎缩的程度和区域不一样,影响的功能也就不一样,有的人功能下降表现得明显,有的表现得不明显罢了。”

小程开始犹豫不决。

“肢体上的疼痛通过治疗都可以减轻和改善,但退化的功能不一定都能回复如前,一旦失去与人交流的能力,就失去了心灵通往外界的通道,无法表达意愿,就不能正常与人交流,那会是件很麻烦的事情,会成为家庭和社会的负担,我想阿姨您现在照顾叔叔一定很辛苦的吧?”

话未落音,小程的眼泪几乎要流出来,和盘托出道:“他现在经常忘记刚发生的事,话也讲不清楚,所以别人问他问题都是我回答。他姐姐老了时候是这样,我想他会这样也是遗传吧,就没想过治疗,再说老年痴呆又治不好的啊!”

“是不能完全治愈,但积极的治疗总是比放弃要好,能保留部分功能总比都退化了好,重点在于要控制住退化的速度。你们愿意相信我,积极配合监察和治疗,我们才能了解他的情况,更好地帮助他。”杨医生分析道。

小程考虑片刻,走到老严面前说:“老严,你愿意尝试一下刚才医生的建议么？如果你愿意，我就天天陪你来治疗！这里条件这么好，不用向其他医院那样排队，我们试试看怎么样？”老严点点头表示同意，小程也露出欣慰的笑容。

经病人及家属的同意，治疗阶段开始。

首先要解决与老严的交流问题和疼痛，经多项评估，分析老严的问题如下：

命名性失语（又称记忆缺失性失语症，特点是患者言语、书写能力存在，但词汇遗忘很多，物体名称遗忘尤为显著。如让患者说出指定物品名称则更显困难，如经人提示可立即将该物品名称说出，但不久又迅速遗忘）。

记忆障碍：对近期发生的事情迅速遗忘。

胸腰部椎体压迫神经导致腰部疼痛，大腿外侧皮肤针刺状疼痛，下肢乏力，无法行走。

问题不少，难度不小，一项一项逐步攻克。老严不能用完整的话语交流，医生们改成问答式的交流，他只需回答“可以”或者“不可以”，这样一来，交流变得容易许多。

老严每次从轮椅转移到床上，都耗时很久，过去这种情况通常是依靠护工抱起，现在医生们则应用言语指导和转移技术来完成，充分发挥病人的主观能动性，让病人感觉到每次完成转移后的成就感。

针对腰部和下肢的问题给予的治疗很快就发挥了作用，两个星期后，老严已经可以自己完成轮椅到床的转移，疼痛感也大大减轻。四个星期后老严可以在室内步行，疼痛的感觉只是在体位改变时出现。看到老严一天天的进步，小程脸上的笑容也多了起来。

疼痛减轻后的老严开始活跃起来，参加了亲和源的社区大家唱活动，每次来治疗的一个小时都要带着歌本，一边治疗一边唱歌，虽然他经常记不得歌词，有时因调子起得高会唱不上去，但这丝毫没有影响他的热情。从这时开始,也进入了第二个治疗阶段——记忆和语言功能的恢复。

语言、记忆、训练三管齐下,大声朗读歌词,背歌词,演唱歌曲……每天换着花样来,拼图、看图说话、识图、手工精细作业一项一项加上去,每天一个半小时的训练都是在歌声笑声中度过,老严的情绪和身体状况也一天天好起来。

两个月相处下来,医生们用耐心、爱心、责任心征服了老严、小程的心,敞开心扉的交流对老严的治疗很有利。

另一方面,小程对老严的照顾真可谓无微不至,老严整天衣来伸手,饭来张口,但这样的无微不至对老严来说却不是好事。原来小程见老严动作越来越慢就“剥夺”他自己事情自己做的“权利”,进一步导致了老严生活自理能力的退化。后来,小程接受了医生的建议,让老严自己穿衣、做家务。起初,老严很不适应,总是要小程帮忙,小程总是忍不住帮了一次又一次,医生们只好请小程回避。效果不错,老严见没了依靠,就只能自力更生了。现在穿衣服、扣扣子、系腰带都没问题。

从开始的怀疑到现在的信任,六个月过去了。老严的治疗效果非常好,疼痛情况完全控制住,他的心情开朗了许多,记忆、语言和手工作业都取得了不少进步。现在从家里步行到医院对他来说已经是件很容易的事情,还可以去超市买东西,帮小程做简单的家务,主动表达对小程的关心。来康复科治疗时他还会和每个病友打招呼,聊上几句,大家对他也是鼓励有加,这更增加了继续训练下去的信心。

小程现在经常对别的会员说,最初是考虑在家一个人照顾不了老伴才来亲和源养老,没想到老严通过半年的康复会有这么大的转变,身体好了,心情好了,家里女儿、女婿看到爸爸的康复也很开心,她自己也减轻了不少负担,可以抽时间做点自己喜欢的事情,住在亲和源,真的是“养老改变生活”呀!

养老，不只是给老人提供吃住，重要的是提高他们的生活质量。生活好了，寿命长了，可要是过着没有质量的生活，活到100岁也不能算是幸福吧。在亲和源养老，日常生活有生活秘书帮着料理，业余生活有快乐秘书帮着安排活动，身体健康有医生、护士守护，每个住在亲和源的老人都能在这“三维立体”的服务中享受到一个高质量的幸福晚年。

缘　分

每天，迎着清晨的朝晖，微风还未吹干溪畔的寒露；或是傍晚，衬着满天绚丽的晚霞，总是有一对白发老人，牵手相依，凭栏相倚于池塘边，或依偎缓步在长廊里，仿佛是一对初恋的情人，是人人称羡的一双恩爱伴侣。

伯伯是亲和源会员许正华，阿姨叫胡秀贞。他们相识在半个世纪前，却结缘于亲和源，他们这场畅达半个世纪的爱情，是一段动人的故事。

时光倒回到59年前，那时候作为一家五个兄弟的长兄，正华一直是少年老成，做事沉稳，在同辈们中间，俨然是一位青年“领袖”。那时新中国刚成立，作为宝山区泰仁化工厂的护厂工人领导者，正华临危不惧，沉着冷静地组织工人们疏散、抢修，配合军管会一起在事件平息后，迅速恢复生产。后来，行业调整，成立了上海市化学工会，正华作为一名党员，被群众推选为首届化学工会的主席，那年他22岁，正是风华正茂的青年才俊。

20岁的秀贞是丽来化工厂的工人，典型的上海“小姑娘”，笑起来梨涡绽放，温柔美丽，人见人爱。新中国新青年思想解放、要求上进、工作积极，秀贞因为积极参加刚解放的一系列运动，厂里的化工工会成立以后，就成了工会的骨干。

1952年，闸北区的工会干部培训班开班了。作为预备党员的秀贞参加了学习班学习，在那里，她遇见了同样参加学习的正华，一段刻骨铭心的恋情开始了。

脱产一个月，天天相处在一起，白天上课时大家都认真听讲，积极地讨论问题，课间休息时年轻人们也会轻松地交流谈天。作为班长的正华经常义务为同学们倒开水、抄笔记，还主持各个小组的讨论会。逢到吃饭时间，正华总是像个大哥哥一样招呼大家去吃饭，而他永远不会遗漏不声不响的秀贞。“秀贞，一起吃饭去！”“秀贞，别再记笔记了，抓紧时间吃饭！身体要紧！”“秀贞……”一声声“秀贞”，叫得亲切，让秀贞心里一阵阵地感受到温暖，仿佛春风在撩拨一片新绿的柳丝。

学习班的老师为了让忙碌了一周的年轻人好好放松，每个周末都会组织舞会。那时，交谊舞是工会工作必学习的“技能”。第一次舞会，秀贞记忆犹新，优美的旋律在空气中回荡，舞池里尽是年轻人们翩翩起舞的身影。秀贞静静站在舞池边的角落里，虽然间或有几个男青年过来热情地邀请她共舞，可是腼腆的她总是微低着头，笑说：“我不会。”不久，身边的女同学一个个都滑进了舞池，只剩她一人“茕茕孑立”，像一朵娇羞的茉莉。就在她觉得有点落寞的时候，一个熟悉的高大身影从斑斓的光影中走来……

“秀贞，为什么不跳舞呢？”正华已经伫立在她面前。

“嗯……我不会。”

“没关系……一点也不难，我来教你。”

“我……我真的不行。”秀贞连摆手。

“过来吧……”正华一把拉住了秀贞的手。这时候，好像有一股电流从正华身上传到了秀贞身上，不容她再拒绝，身体已经随着他滑进了舞池。

“搭着我的肩膀……向前两步……向后……向左……”正华耐心地指导。

第一次和他靠得那么近，秀贞的脸一阵绯红，可是在这忽明忽暗的灯光下，正华并没有察觉。随着两人头挨得越来越近，秀贞清楚地感觉到正华的鼻息，她陶醉在亲密的气氛中：“哎呀……我踩到你了，对不起，对不起……”

“没关系，初学者难免的，你已经算学得快的了。”正华豁达地笑着，露出一口整齐的白牙。

望着一表人才的正华，秀贞露出了甜美的笑容，而这笑容也深深印在了正华的眼中。两个年轻的身影越贴越近，有一种甜蜜的气氛在他们身边氤氲。

一个月很快就过去了，秀贞心里已经深深烙下正华的身影，正华也感觉到了秀贞热切的眼神，舞池里四目交汇的那一幕不断冲击着他的心。但是他反复对自己说：“不可以，你是一名共产党员，不可以！”原来，正华的父母在家乡早就为他定了“童养媳”。说也可怜，1946 年河南水灾，有一家逃荒的到了正华家乡，父母临死前把一个女孩托付给了正华家，正华父母也把那女孩当“童养媳”收留，后来一家人一起到了上海……

一边是老实本分、还未成亲的“妻子”，一边是发自内心的情愫，正华明白对秀贞是爱，由衷的爱，可能还不明白这是“爱情”。这是怎样的一种纠结？思前想后，理性的正华还是决定以后与秀贞少来往，因为道义、责任、承诺。

得知正华已有婚约，秀贞心里怅然若失、万般惆怅。那时候刚解放，运动多，党员更不能出格、犯错误。秀贞也是一名新党员，有一种引以为豪但也懵懵懂懂的组织性、纪律性。虽然内心充满无法抑制的情感，但是面对传统，只能暗自神伤……

党校的学习班结束了，两个有情人最终还是回到各自的工作岗位。一个月在党校学习时互相关心，彼此照顾的一幕一幕，经常在彼此脑中显现。思念，不停地在两人的心中萦绕，但是没有人把这层感情的纱戳破，就让它朦朦胧胧地笼罩在两个人的心间。

因为那时候上海的化工厂就那么几家，彼此之间有很多工会的联系工作。有一次，丽来化工厂派秀贞到泰仁化工厂，正好接待兄弟单位的人是正华。眼神的交流，心灵的沟通，半年后的相遇，让彼此的心又一次拉近了。但是，情感禁锢、保守安分是那个年代的主流思想方法。运动多，三反五反，作为共产党员，要跨过金钱关，还要跨过感情关。"不可以！"正华在心里反复地对自己说，"你是解放后国家培养的第一批工人阶级党员代表，要有意志去坚持'原则'！"他强忍住心中涌动的情感热潮，还是以平和的心态，大哥的姿态去引导纯情的秀贞，做普通朋友，彼此像兄妹那样相处。秀贞从正华的眼神中，读懂了他那份坚定又无奈的心情，她理解他的处境，感情的事，是不能意气用事的。

从那时起，秀贞也死了那份与正华走到一起的心，就让一切随风去吧。但是秀贞的心里一直有个情结，无法打开。她还是想见到正华，每天都想见到他。

有一次，化学工会的同事们要到工会主席正华家拜访，正好有个姐妹认识秀贞，就喊上她一起去了。正华妈妈好喜欢这个笑起来像电影明星张瑞芳的姑娘，正好正华家只有五个儿子，没有女儿。正华妈妈就认了秀贞作干女儿，秀贞就成了正华的干妹妹。有了这层关系，秀贞终于能经常见到正华了，但是二人始终有节制地将这份情愫维持在兄妹情，而把内心的那份爱意深埋。

这样的亲情与爱情交织的情感，绵绵长长地延续了几十年。

1952年，正华有了第一个孩子。秀贞未婚。

1955年，正华有了第二个孩子。秀贞还是未婚，她认了这个刚出生的孩子作干儿子。

看着秀贞终身不嫁的架势，正华妈妈都着急了，要为自己的干女儿找对象。那个时候的婚姻基本上是亲戚朋友、单位领导介绍的居多，自由恋爱的很少。后来，在化工厂单位领导的介绍下，1956年，秀贞与部队刚复员回来的干部沈卫国认识并恋爱了。

正华看在眼里，祝福在心里。自己不能给秀贞幸福，她能在别人的呵护下幸福生活，也算安心了。

结婚第二年，秀贞也有了自己的孩子。正华也认了这个孩子作干女儿。这样一来，两家的关系是亲上加亲。

一年一年过去了，彼此浓浓的爱情也渐渐淡了，转而变成一种互相关心的亲情。逢年过节，两家的大人小孩都欢聚在一起，高高兴兴地过节。正华很清楚，他牺牲了与秀贞的爱情，成全了两个家庭。虽然不圆满，但是也不失为是一个美好的结局。

就这样，风风雨雨走过了近60年。2009年，秀贞的爱人老沈突然脑溢血去世了。因为来得突然，秀贞心理上一点儿准备都没有，几十年的老伴就这样走了，秀贞一下子病倒了。正华得知这个消息，马上和妻子一起从家里赶过来安抚秀贞，帮她料理后事。

谁知事隔不久，正华的爱人也突发心脏病去世。这时候秀贞又反过来安慰正华。两位近耄耋之年的老人，同病相怜之下，彼此关心，彼此宽慰。

一天，秀贞的女儿看到《上海老年报》上登了一则“与青春结伴”主题的老年夏令营的广告，就给妈妈报了名。秀贞马上想到老伴儿刚去世的正华，就约他一起到老年夏令营体验新型的养老模式。五天四晚的快乐养老生活让两人体会到了什么是幸福的晚年。

夏令营最后一天的联谊舞会，优美的旋律，飞舞的流光，看着舞池里双双对对的身影，两人好像一下子了又回到了60年前的那个夜晚。

“还记得60年前的那个晚上么？”正华说。

“怎么会不记得？时间过得好快啊……一转眼，我们已经是老头老太了。”秀贞唏嘘不已。悄悄地，正华把秀贞搂得更紧了。

夏令营还特别设计了游戏“幸福的拱门”。营员们用双手搭起拱门，请了一对老夫妻，站在拱门的两头，丈夫要穿过一道一道拱门，必须回答大家关于几十年婚姻爱情生活的问题。回答令人满意了，就放行，让他去找到拱门另一头的老伴儿，对她说：“我爱你。”然后牵着老伴儿的手，伴着门德尔松的结婚进行曲，缓缓地穿过十几道拱门，回到原点，接受大家的祝福。

目睹这样的幸福场景，正是正华和秀贞过去多年来梦想的。两人再一次眼神交汇在一起，但是此刻，他们的眼中少了热烈和浪漫，却多了一份执着和坚定。仿佛有一个声音在对他们说：你们可以……

是否今生真的可以和心爱的人在一起？别人会怎么看我们？秀贞的心里七上八下……

游戏结束时，他们站在幸福拱门下，正华一把搂住秀贞，当着亲和源全体会员，当着活动的嘉宾们，正华坚定地吻了秀贞……

这一吻，期待了59年。

小潘的选择

这是小潘这 1 000 多个日子里的一天，这一天亦如小潘三年来的每一天一样平凡，打卡、交班、组织晨会……

大学毕业那年，小潘来到了亲和源，担任老年公寓助理一职。几年前，小潘做梦也想不到自己会去一家养老机构工作，当时他给自己的设定是进入热门的金融行业，每天都是那么的紧张、光鲜。而毕业那年，学校里一场宣讲会改变了他的人生轨迹。养老行业？小潘暗自思量，自己这一代 80 后都是独生子女，自己的父母，乃至自己未来去何处养老？这个市场确实很有希望，可谓面向夕阳人群的朝阳产业。于是，小潘改变了初衷，选择来到了亲和源，做起公寓主任的助理。可是理想与现实总是存在那么一点点微妙的差距，如果你问助理是干什么的？官方语言：承上启下，全方位的辅佐和服务；而用小潘自己的话："就是打杂的呗！整天鸡毛蒜皮，婆婆妈妈的。"

这一天与平时相比，貌似又有点那么的不平凡。那天平时总是笑眯眯的瞿阿姨一反平常，急冲冲地走进办公室，抓住小潘说要反应情况："小潘，你们这样做可不对！"

小潘闻声，心里一惊，“这是怎么了？谁犯错了?”立马泡了一杯茶，拉住瞿阿姨坐下，“阿姨，您先坐下，有话咱慢慢说。”

“昨天 7 号楼的李伯伯去仁济医院看病，小朱陪同去的，出租车费李伯伯自己付了，怎么还要另外收服务费呢？小朱是我们的秘书吧，昨天又是在她上班的时间，为什么要额外收费?”瞿阿姨情绪激动，话语如连珠炮般袭来，“小潘，亲和源有很多像李伯伯这样的高龄老人，也要像我们这样年纪稍轻些的，还能生活自理，平时不怎么需要服务，难道服务就不可以向李伯伯他们倾斜吗?”

小潘听完瞿阿姨的话，说:“瞿阿姨，谢谢你的建议，这个事情我一定会了解清楚情况，再给李伯伯和你一个合理的解释。”

送走阿姨之后，小潘从小朱那里大致弄清楚了事情的原委，那天李伯说自己牙疼，想去市区熟悉的诊所看牙医，因为腿脚不灵便，希望小朱陪同前去。

“李伯伯提出来的时候，你有事先跟伯伯说清楚陪同就医是收费项目吗?”

“很清楚地说明了，当时李伯伯也没说什么。之后发生的事，就像瞿阿姨说的那样。”小朱有点委屈地答。

在亲和源公寓每周会安排一次集体就医，由健康秘书提前去医院安排挂号，陪同检查，这是服务清单里清楚列出的基本项目。而平时如果需要外出就诊陪同，除去大病急病的紧急送医之外，公司规定是需要收取一定费用的。瞿阿姨反映的情况让小潘心里顿时掀起波澜，一面是公司利益问题，一面又是大家最为重视的会员满意度。成本与满意度发生矛盾的时候，究竟该如何是好。三年来，小潘好多次听主任在大大小小多次会议上提起，但像今天这样直接面对还是第一次。

心神不宁，对着电脑，小潘转着手上的笔，掉下，拾起，继续转……怎么回复瞿阿姨、李伯伯呢？怎么面对其他有相同要求的伯伯阿姨呢?

怎么解决效益和服务的矛盾呢？犹豫不决的小潘最后鼓起勇气，决定向主任求教。

主任听完小潘反映的情况后，语重心长地说："你要知道，服务无大小，不管我们做得到做不到，最要不得的就是想也不想断然拒绝，你明白何为'以人为本'吗？这个'人'不是我们管理方，而是我们的客户，我们的会员。也许在其他企业，经济利益是第一位的，而在我们这里，会员的健康快乐才是首要的。"

"可是……"小潘一脸困惑。

主任接着说："我知道你想问公司如何盈利？无论如何，对我们来说，社会效益永远在先，随后才考虑经济效益。"

小潘若有所思。

"你能及时反馈会员的意见，这很好啊！"主任拍了拍小潘的肩。

小潘腼腆地笑了。主任的一席话，点醒了他。走在去7号楼的路上，小潘一直在想主任说的话"会员的意见无论对错，反馈及时是必须的"。

敲开李伯伯家的门，小潘首先向伯伯作了道歉："李伯伯，对不起，可能小朱上次没有向您解释清楚服务内容和收费标准。如果您有困难，我们会立即送您就医，亲和源的宗旨一向是以会员的健康为重。这次的收费，虽然是按公司明文规定收的，但既然会员有意见，那我们会去作个调研，看看是不是普遍需求。如果会员觉得一周一次就医频率太低，我们会增加频次。对临时就医之类也会考虑作些调整。"

听了小潘的解释，李伯伯不断点头，最后还握着小潘的手，以示感谢。看着李伯伯朴实的笑容，小潘心想：服务果然无小事，谁说老人难伺候，其实亲和源的大部分老人都是通情达理的。热爱生活的李伯伯，热心助人的瞿阿姨，还有一心为会员谋福利的主任，都让小潘感动。

傍晚，监控室突然响起报警声，显示是瞿阿姨家紧急救护报警。三分钟后，救护人员立即赶到了现场，发现瞿阿姨已经昏迷。十分钟后，指定合作医院绿色通道立即进行救护……诊断为脑出血送进了重症监护病房。

原来这天瞿阿姨照常午睡，老伴儿张伯伯就出去散步了。回来时，他见老伴儿斜躺在床沿上，唤了几声，也无反应。他知道，老伴儿一向睡眠浅，即便是自己翻个身都会惊扰到她，今天的情况似乎不寻常。他来不及换鞋，走近床边再唤了几声。老伴儿的脸色异乎寻常地泛红，手无力地垂在一边。他慌了……一遍遍呼唤着老伴儿，但愿她只是熟睡，可是仍旧没有反应。他想抱起老伴儿求救，但是几番尝试，他知道自己是真的老了，汗水、泪水让他几尽绝望。忽然，床头的一个红色按钮让他又燃起了希望，绝望中他按了下去……其实在按下那个按钮前是慌乱的，无助的，甚至可以说他的内心深处没有抱太大的希望。但是当十分钟后他在病房外，望着重症监护病房里正在和死神顽强搏斗的老伴儿，他的心却踏实了许多。尤其是旁边一大群“孩子们”，包括栋楼秘书和其他陪同的工作人员，其中也包括素与瞿阿姨交好的小潘，让他感到不再无助，有了依靠。

小潘走过来，搭着张伯伯的肩说道：“瞿阿姨吉人天相，别担心，她一定会好的。”

张伯伯点了点头。

车子来回于医院与家之间已经四次了。第一次来回是“孩子们”陪着张伯伯回家拿些瞿阿姨的随身用品。张伯伯、瞿阿姨平时就和“孩子们”相处得特别好，经常在楼下和他们聊天，甚至谈些时事新闻也会引出满满的欢笑声。夫妇俩是真心喜欢这些“孩子们”，他俩婚后由于种种原因，膝下无子，晚年来到亲和源，把这些为自己服务的年轻人当作了自己的孩子。在来来回回间，张伯伯懊恼自己的记性差，小潘在他耳边安慰说：“伯伯，不要紧。我们会陪着您！阿姨她会好的。”在“孩子们”的鼓励下，他也开始有了信心，相信老伴儿会好起来。

由于送医及时，处理得当。瞿阿姨的病情逐渐稳定，不久就转入了普通病房。

听到这个消息，张伯伯扶着墙头，一手捂住胸口深深吸了口气再缓缓吐出……眼眶一热，不由自主地留下了眼泪。小潘还是陪伴在他身边，握住他的手，能感觉到他冰凉手心中的汗水，还有薄薄的血管跳动着，告诉他，他经过了怎样的胆战心惊，如今怎么喜出望外。

不久，进来了一位40多岁的女人，操着一口带有安徽口音的普通话，张伯伯知道她是“孩子们”为老伴儿找来的看护。他本想自己陪着她的，可是小潘劝他说：“伯伯，你要爱惜自己的身体，因为你还要陪阿姨走更长的一段路。这里我们会为你打点好，找一个合适的看护来照顾阿姨，你放心吧！”

他是放心的。老伴儿的命是他们救回的，他没有什么不放心的。只是老伴儿一直这么睡着，总是不能安心。

几天后的一个晚上，回到家的张伯伯简单地梳洗了一下，就躺下准备睡了，外面突然传来极细的敲门声。

“谁啊？”张伯伯下意识地问。

“伯伯，是我——小潘，刚刚医院来电，阿姨已经清醒了。你不必太担心，好好休息！”

“好，谢谢！”张伯伯又一次哽咽了。“孩子们”24小时值班，为了怕电话惊扰他，所以特地上门跟他讲一下。怕他已经睡了，所以连敲门声都显得那么小心翼翼。他再次舒了口气，今晚终于可以安心睡了。

第二天，张伯伯早早起身，拎起老伴儿常用的那个小布袋，思量着买些什么给老伴儿送去。出门前，他特地换了一身新，那件红色的外套，是上次和老伴儿新加坡游学时买的，她说她爱看他穿这个颜色，显得年轻。

来到医院，推开病房门，张伯伯看到病床已经摇起，瞿阿姨半躺着在吃早点，护工在喂她，小潘也坐在旁边。

“伯伯，你来了，你看，阿姨醒了，胃口蛮好的。”小潘笑道。

张伯伯走到病床前，握着瞿阿姨的手：“你受苦了……”

瞿阿姨摇了摇头。

两人四目交汇，百感交集，眼泛泪花。

小潘在一旁看着，也觉得有些鼻酸，更多的则是欣慰。

经过两周的观察，瞿阿姨可以出院了。出院那天，接她的人挤得病房水泄不通：邻居们、“孩子们”，就连“牌友们”也来了。瞿阿姨一再地说：“谢谢大家，我的生命是大家给的！”

小潘心想，他们没有子女，亲人也远在国外，但是在亲和源，他们找回了没有的一切，获得了亲人般的温暖。

“代天下儿女尽孝，替世间父母分忧”是亲和源的理念，也是小潘工作的意义所在。他没有为自己的选择感到后悔，要把更多的精力投入到这项有意义的事业中去，心中充满了对未来的期待。

“失窃”事件

居住在亲和源里 12 号楼 706 室 90 岁的“老逻”伯伯，原是华东警官学院的逻辑推理专业教授。其实，他并不姓逻，大概是他所从事的专业使然，每当他与别人交谈分析事理时，开头总要说上一句“从逻辑上来讲……”的口头禅。日子久了，亲和源内大大小小的人们都亲热地称呼他为“老逻”伯伯。“老逻”伯伯也欣然接受这一称呼，碰到有人称呼他为“老逻伯伯”时，总是笑容可掬地说：“你们叫我‘老逻’伯伯一点也不错，因为我一生最钟情的就是逻辑推理，但是，现在上海人均期望寿命已经超过 80 岁，90 岁还是小弟弟，属于‘90 后’，我倒希望你们叫我‘小逻’。”

人老了以后总难免因记忆力衰退而闹笑话，90 岁的“老逻”伯伯也常常会犯一些糊涂。比如，他经常会误把安装在床头的紧急报警红拉线当作 20 世纪 60 年代的电灯开关。晚上临睡时，他习惯性地拉一下床边紧急报警的红拉线以“熄灯”，不料灯没有熄灭，却招来了神情紧张的保安人员和秘书的登门询问。

每当“老逻”伯伯误报后，面对匆匆而来的保安人员和秘书时，总是显出一脸的尴尬，不断地自责和道歉。到了第二天，他还要反复向保安和秘书们郑重致歉。可以看得出来，“老逻”伯伯对因自己糊里糊涂的误报而打扰了服务人员的正常工作，内心充满着不安的自责和深深的歉疚感。

针对“老逻”伯伯这样的频繁“误报”，也有人曾经建议，干脆把“老逻”伯伯家里床边的紧急报警拉线改成按纽式的。但是，讨论的结果还是维持原来的拉线式报警。原因是对一个年届九旬的老人来说，拉线式报警比按纽式报警更便捷，万一碰到紧急情况，“老逻”伯伯一时性急摸不到按纽，岂不误了大事。为老年人服务无小事，大家都表示宁愿自己辛苦多上门几次，也不能让“老逻”伯伯一旦有事而耽搁了救援的时间。

有一天大清早，“老逻”伯伯找到亲和源的秘书主管小周，脸上没有了往日的笑容，神情显得有点严峻和紧张，连说话也一改过去那种慢条斯理的语气。

“我家里放在书桌上的一架照相机昨晚不见了！”小周还没有来得及向“老逻”伯伯问候时，“老逻”伯伯就急匆匆地压低嗓门向小周报了警。

“什么？有小偷？偷掉的是什么样的照相机？怎么偷掉的？……”小周一听到“老逻”伯伯的报警，也情不自禁地紧张起来，像机关枪扫射似地向“老逻”伯伯发出了一连串的提问。

“其实也不是什么大事，小周你也不要那么紧张，让我慢慢地给你讲来。”“老逻”伯伯见小周如此紧张，反而放松了下来，说话的语气又恢复到平常那种不紧不慢的样子。

“我记得很清楚，昨天下午我带着照相机去3号楼餐厅参加‘邻里日’的活动，还拍了许多照片。回家后，我把照相机放在家里的书桌上，一直没有再动过，可今天早晨起来却发现照相机没有了。”“老逻”伯伯神情认真地边回忆边告诉小周说，“照相机丢失事小，珍贵的是照相机里面存的照片，它都是近几年来我和老伴外出旅游及日常生活时所拍下的，是我俩近期生活的历史记录，无法重新补拍，丢掉了十分可惜，所以想麻烦你们查一查。”

“老逻”伯伯不愧是警官学院的逻辑推理专业教授，在他向小周叙述了照相机失窃的经过以后，紧接着又井井有条地开始与小周分析起案情来了。

“从逻辑上来讲，照相机的失窃时间应该是当天的晚上。因为，昨天下午我回家以后就再也没有出过家门，也没有客人来访，所以，这位‘梁上君子’不可能在白天作案，他的作案时间肯定是在晚上趁我熟睡之际。”“老逻”伯伯很有把握地分析着。

“其实，要搞清昨晚入室的‘梁上君子’并不难。”“老逻”伯伯进一步为小周破案支招，“你想，一个人要想爬上七楼从南阳台进入绝无可能。唯一的进入口在北走廊。你们不是在我们每栋楼的北走廊里都装着监视摄像头吗？只要查一下昨天晚上北走廊里的摄像记录，案情就可以水落石出了……”

小周一边听着“老逻”伯伯的分析，一边不停地点头称是，心里暗暗佩服：90 高龄的“老逻”伯伯的思路竟然还是如此的清晰，三言两语便拨云散雾。“老逻”伯伯不仅讲清了失窃的地点和时间，而且还提出了破案的方法。按照“老逻”伯伯说的那样去查，应该很快就能破案。所以，小周不等“老逻”伯伯把话说完，就满有把握地说：“您老请放心，我马上向当地的派出所报案，相信一定会迅速破案，将盗窃者捉拿归案绳之以法，照相机也一定能完璧归赵。”

“不，千万不要报警！小周你听我把话说完。”谁料“老逻”伯伯听到小周底气十足的表态后，却又慎重其事地叮嘱起小周来，“这件事不宜大张旗鼓地侦查，要不动声色地进行，亲和源是上海市的文明单位，倡导的是‘亲情和谐’的‘家文化’。这件事传开来，亲和源这么好的形象会受到损害，生活在大家庭中的每一个人都会感到脸上无光。”

“老逻”伯伯接着还动情地说：“对于偷窃者也要分析，有的出于生活所迫，有的属于一念之差，真正本性向恶的是极少数，因此，对于绝大部分的所谓‘小偷’，还是应该以教育为主，要‘动之以情，晓之以理’，给他一个自行改过的机会。自尊在一个人的心中占有着很重要的位置，不要轻易伤害一个人的自尊，使他丧失自尊。否则，就很有可能把他推向反面，而且会越走越远，乃至不能回头，社会上也很可能多了一个坏人。《诗经》中所谓：‘白圭之玷，尚可磨也。斯言之玷，不可为也。’你一旦伤了人家的自尊心是很难再去弥补的。”

“老逻”伯伯说到此时，脸上的神色显得十分的庄重，说话的语调近于沉吟。他似乎已经忘记了到小周这里来的目的，继续他对“自尊”意义的阐述：“小周，你知道吗？自尊在人的生命中有着千斤之重，在十年动乱的‘文革’中，有多少人为了捍卫自尊不惜付出生命的代价。自尊这东西看不见摸不着，但又无处不在，无时不有，是需要每一个人在日常的生活中一点一滴十分小心地去呵护、保护它的。”

听了“老逻”伯伯这一席话，小周又是连连点头称是，心想“老逻”伯伯今天到这里来似乎不是报案，而是为自己上了一堂生动的人生教育课。小周内心对这位老人的敬意油然而生，深深地感受到“老逻”伯伯那种处处为他人着想的仁慈心怀的温暖，尤其是关于“自尊”的那段话，更让他感觉到一个 90 岁老人心灵深处所蕴藏的高尚人格。

但是，小周听了“老逻”伯伯对失窃经过的叙述和案情分析后心里还是感到很纳闷：亲和源的保安十分严密，公寓里除了有着一支训练有素的保安队伍外，还有着一个技术十分先进的技防系统，300 多个星如棋布的摄像头、围墙四周的红外线报警系统、各楼栋的梯控装置等，这一系列人防与技防相结合的保安系统可以称得上是天罗地网、万无一失。几年来，公寓内从来没有发生过偷盗事件，难道保安方面还有百密一疏之处？

当天下午，小周就到公寓的总监控室查看了12号楼7楼走道昨天一整天的监控录像记录，录像中反映出来的除了“老逻”伯伯本人外，没有发现有任何外人进入他的家中。那么，又是谁，用什么方法进入“老逻”伯伯家中偷走了照相机的呢？小周整个下午直至晚上都在反复地思考着这个问题，却百思不得其解。

第二天早晨，小周按例参加各楼栋秘书的晨会，脑子里一边想着“老逻”伯伯照相机的事，一边有一句没一句地听着夜班秘书的汇报。

突然，夜班秘书的一句话，使小周顿时兴奋起来。

“……昨天晚上，12号楼706室‘老逻’伯伯家又有一次床边紧急拉线的误报……”当小周听到这一句话时，如醍醐灌顶茅塞顿开：误报！对了！照相机的失窃极有可能也是“老逻”伯伯的误报！

小周在晨会上向大家介绍了“老逻”伯伯的照相机失窃情况后，秘书们七嘴八舌地展开了一阵议论，最终的结论，大家一致认为是“老逻”伯伯对摆放照相机的地方记忆有误，从而造成照相机被偷的错觉。“解铃还需系铃人”，要查清此事，首先应该在“老逻”伯伯家里仔细寻找一下。

于是，小周匆匆结束了晨会，决定立刻到“老逻”伯伯家里去向他讲明大家的判断和想法。然而，当小周沿着风雨连廊向着12号楼“老逻”伯伯家走去时，忽然心想：如果情况真的如大家判断那样的话，一定会使“老逻”伯伯产生比拉线误报而引起的更深的自责和不安，而且也会对他的自尊心带来伤害。昨天上午“老逻”伯伯关于“自尊”的一席话又在小周耳边响起。亲和源的核心理念是“至尊老人的家”，我们每一名服务人员都有责任去努力维护老年人的自尊，让他们活得更有尊严。想到这里，小周竟很不忍心这样坦率地向“老逻”伯伯直说，他不由得停住了脚步沉思起来，见到“老逻”伯伯时究竟该怎么说好？

俗话说：眉头一皱，计上心来。毕竟是年轻人脑子好使，小周很快想出了一条“冒险”的妙计，于是他加快脚步径直向“老逻”伯伯家走去。

刚一叫门，“老逻”伯伯就开门笑着迎了出来。小周没让“老逻”伯伯开口，就开门见山凑在“老逻”伯伯耳边小声地说：“小偷已经抓到了，他对偷窃行为供认不讳，我让他昨天晚上把照相机重新放回到您家里，但是，由于他有点紧张，竟忘了放在什么地方了，烦请您老仔细找一下……”

不一会儿，“老逻”伯伯和小周果然在一个床边柜内找到了照相机。

“真神！真神！你简直可与神探亨特媲美，那个人也可以称得上是燕子李三。”“老逻”伯伯手拿着照相机兴奋地不停夸奖着，“神不知鬼不觉，来无影去无踪，真可谓‘不著一字，尽得风流’！哈哈哈……”望着“老逻”伯伯那张布满皱纹的笑脸，小周紧绷着的脸也松弛了下来，长长地舒了一口气，暗暗庆幸自己以善意的谎言去掩盖“老逻”伯伯的误报这一险招的成功。

小周在一片赞扬和道谢声中离开了“老逻”伯伯的家。在走回办公室的路上，小周不由自主地回头望了望12号楼，只见“老逻”伯伯腰板挺直地站在他家的阳台上，双手扶着栏杆正对着他满意地微笑，似乎还在向他致谢。小周转过身来，向站在高处的“老逻”伯伯轻松地摆了摆手示意：小事一桩，不足挂齿！此刻，在小周心中同样充满着感激之情：“投我以木瓜，报之以琼琚”，我们在为老年人服务，饱经沧桑的老年人却在教我们人生的大学问。

无法等待的爱

住在亲和源社区的华侨詹伯伯，算是亲和源里的“另类”。一般而言，入住的会员家庭大多是夫妻组合，再有就是母女、父子、姐妹等。而詹伯伯这一户会员，却是亲和源社区中迄今为止绝无仅有的一对母子组合，詹伯伯 60 岁，属于亲和源社区里绝对的“小弟弟”，而他满头黑发、行动矫健，乍一看像是不到 50 岁的中年人，他的母亲张阿姨 92 岁虽然行动不便，但经过精心护理后，仍然精神矍铄、满面红光。

而这位詹先生，可是大有来头。在 20 世纪 80 年代改革开放的大潮中，他远赴重洋去美国打拼谋生，一走就是 30 多年。在这 30 多年里，詹先生在美国成家立业生儿育女，妻子是一位美籍华侨，是第三代移民。他自己也成了美国一家跨国公司的技术总监，可以称得上是一位成功人士。

2012 年 12 月，詹先生和母亲一起搬进了亲和源社区，卧床的母亲住进了亲和颐养院，由专业人士照料。詹先生每天陪在母亲身边，陪她说话，端茶倒水，老母亲的脸上，每天都洋溢着满足而安详的微笑。可是，半年过去了，詹先生脸上的愁云却是越来越明显，夜深人静的时候，常常辗转难眠……

这天，詹先生和往常一样，在老母亲洗漱完毕后，读报给她听。读了一会儿，突然门铃响起，“妈妈，我去开门。”他放下报纸，打开房门，眼前立着的三个人让他无法相信自己的眼睛：妻子琳达和两个孩子。一瞬间，他激动得热泪盈眶：

“你们……你们怎么来了？”

“我带两个孩子来看看奶奶，不行么？”琳达笑吟吟地说。

“爸爸，我们很想你哦。”两个孩子说。

詹先生难以控制内心的喜悦，走上前去，紧紧地拥抱妻儿，就像拥抱一个失而复得的世界。半年了，六个月的离别每天都在折磨着詹先生的心，这一刻，他终于可以重新把最爱的亲人揽在怀中，而一切的争执和不愉快也在这个温暖的拥抱后烟消云散……

原来就在大半年前詹先生从美国回国前，却经历了一场家庭危机。詹伯伯多年来一直有归国陪伴父母亲的想法，但是，公务缠身的他，总觉得还来得及，等过几年把手头的事情慢慢地移交或者结束了，再飞回去尽孝也不迟。但是，就在两年前，詹伯伯的父亲突发脑溢血过世，詹伯伯连父亲的最后一面也没来得及看到。当他从美国匆匆赶回时，见到的是父亲冰冷的遗体……来不及说上一句道别的话。“树欲静而风不止，子欲养而亲不待”，这成了他内心难以弥补的遗憾和无法释怀的痛，深深的自责压得他喘不过气来。父亲走后，留下长期卧病在床年迈的母亲，更是让詹先生牵肠挂肚。起初，詹先生为母亲改善了居住条件，还聘请了一位专职保姆照顾母亲的生活起居，但他心中仍然有一种无法排遣的歉疚感。对于自己在美国拥有美满的家庭和成功的事业，詹先生深感欣慰，但是，在美国的生活越优越，就越发惦记在上海孤零零的老母亲。很多时候，想起儿时母亲对自己无微不至的照料，想起母亲曾经是自己柔弱心灵唯一坚实的依靠，而如今，当母亲年老体弱需要

温暖和依靠的时候，他作为儿子却无法给予，这是一种怎样的愧疚。父亲的猝然离世，更是一下子点醒了他，一个想法在他脑海里逐渐清晰起来：当母亲健在的时候就应该尽自己最大的能力去报答、关心、孝顺她，不要等失去以后才后悔不迭、懂得珍惜，那就为时已晚，反哺之爱是无法等待的。

考虑再三，詹先生终于作出一个惊人决定，结束事业，回国去陪母亲养老。当他把这个酝酿已久的决定告诉妻子，对妻子而言却无异于晴空霹雳，琳达表示孩子们还在上学，短期内不可能回到国内，而她自己也有很好的职业，不能放弃，此外，最大的问题是，从小在美国长大的她，无法适应中国的生活。为了这件事，夫妻俩整天争论不休，有几次差点就要闹翻了，大家不欢而散。在一次激烈的争吵后，琳达一气之下，带着两个孩子从家里搬了出去。

但是，无论妻儿如何反对，詹先生已经是铁了心要回国陪伴母亲养老。他花了两个月的时间谢绝了老板的挽留，结束了自己在美国的工作，准备飞回上海。临走之前，他约妻子出来再好好详谈一次，可是伤心失望的妻子连面都不让他见，拒绝了这个要求。无奈之下，他给妻子留下一封信，只身回到了上海。在信中，詹先生这样写道：

亲爱的琳达：

对不起，我走了，暂时离开你和我们的孩子，请别怨恨我，我相信有一天你会明白。

我从小在上海长大，父亲和母亲给了我最伟大的爱。你我的成长背景有所不同，我也曾经跟你聊起过。曾经，我们的日子很清苦，母亲为了让这个家幸福，让我过得不比别的孩子差，用尽了心思。那时候，能每天吃饱就意味着有尊严，而就是这个在如今看来非常低的要求，也并非每个家庭都能够轻易做到。当时，父亲用他微薄的薪水支撑着整个家庭的开销。我小时候身体也比较弱，曾经有好几年，母亲为了让我得到很好的照顾，全职在家照顾我。那时候，我的爷爷还在世，身体也非常不好，母亲还要承担起照料老人的责任。就在那样的条件下，母亲从来没有过怨言，用父亲微薄的薪水，天天挖空心思，让这个家的每个人吃好、穿暖，过得体面。现在想想，那时，母亲真是太不容易了。

琳达，对不起，离开你和孩子，我心里也非常不忍。世事难预料，我曾经以为，等过几年，等我们退休了，再回去照料父母亲也还来得及。可是，事情并没有按照我预想的那样。父亲的突然离世，让我的世界塌了一半，而对我留在国内的母亲而言，整个世界都几乎要崩塌了。如果我再不回去陪伴她老人家，她该是多么的寂寞和孤独，更何况她老人家现在已经卧病在床，需要有家人在旁，照顾她，关心她。

在中国，有一句特别伤感的诗句："树欲静，而风不止；子欲养，而亲不待。"它描述的是这个世界上的种种无奈。树希望按照自己的内心静静地站立着，但是风的吹拂让它不得不随风摇摆；风，代表着这个世上种种你无法预料的意外；当子女功成名就希望对父母尽孝，而年迈的父母却已经风烛残年，无法享受生活，甚至都已经不在人间，阴阳阻隔。想一想吧，那将是一种怎样的无奈和惆怅！那种无奈和惆怅，是多少金钱、多大努力都无法弥补回来的。

琳达，请你理解我的决定，我更希望你能支持我的决定。我知道，你和我的成长背景有着很大不同，中国人有着"孝顺"的家庭观念。虽然你在美国长大，但你也是华人，相信你也能明白我的这份心情。更何况，母亲现在的身体状况需要我的陪伴。作这个决定，折磨了你我很多个日日夜夜，我也一直在想是不是做错了。但是我又会想，如果是我孤独地卧病在床需要陪伴和照顾，我的母亲会怎么做？我相信，母亲会宁可抛下全世界，甚至舍弃她自己的生命，也不会抛下我，想到这，我就明白该怎么去做了。将心比心，就能得到答案。

我依然相信你能明白，因为我相信我们之间的爱。

紧紧地拥抱你和孩子们。

永远爱你的

詹

即日

留下信，詹先生带着对家人的不舍和歉疚踏上了回上海的班机。回国后，经多方打听，他就知道上海有一个亲和源养老社区，新型优质的养老服务很适合母亲。于是，他专门去亲和源作了一番实地考察，发现它真的是一个很适合养老的社区，更让他觉得惊喜的是，亲和源允许他这样年龄尚未达到老年标准的人陪伴母亲养老，十分人性化，就像专门为他和母亲量身定做的一般。于是，不久后，他就办齐了所有手续，带着母亲搬进了亲和源。卧病在床的母亲住在亲和源颐养院，而詹先生选择入住了亲和源老年公寓楼，两幢楼仅相隔数十米，方便詹先生随时去探望母亲。入住半年多，詹先生就发现，亲和源养老院的服务有多么周到，亲和源医院完全可以满足卧病在床的母亲的所有需求。于是他考虑，再陪母亲一阵子，就可以回国与家人团聚。期盼多年，终于可以在母亲身边尽孝，本应心满意足，可是每每想起妻子还在生他的气，孩子们也很不理解，对家人的愧疚和思念之情总是纠缠着他的心，让他难以释怀。很多次，他也产生过一丝自责和怀疑，毕竟为了尽孝而放弃妻儿，这也并非他所愿，但是，他从未感到后悔。但是，从心底深处，他是多么希望家人能理解和支持他的决定。

“是谁来了？”

母亲的声音把詹先生的思绪拉回了现实：

“妈妈，琳达和孩子们来看您了。”

“他们来了么？”老母亲分外激动。

“妈妈，我们来看您了。”琳达走了上去，热情地拥抱母亲。

“奶奶……奶奶……”两个孙子也分别上前拥抱奶奶。

“一家人……团团圆圆的就好。”老母亲说。

“妈妈，我以后会经常来这里看您的，孩子们放暑假的时候也会来。”

詹先生看到，老母亲的眼角流出了激动的泪水，而他的眼眶也湿润了……

之后，詹先生一家人在上海陪着老母亲住了两个礼拜，然后放心地踏上了回美国的归程。临走时，他向老母亲承诺，每年母亲生日全家人都会回来和她一起欢聚。

追悼会上的庆生

宁伯走了，心梗。

老伴方姨坐在轮椅上喃喃地说：“他昨天还说，要给我买蛋糕庆生的，六十年了……”

宁伯八十四岁了，算是高寿。

常言道，七十三、八十四阎王不请自己去。老年人就怕“梗”，心梗脑梗，一“梗”起来半条命。宁伯身体一向硬朗，想不到一“梗”竟然不治。消息传来，亲和源会员大都感到突兀。

宁伯为人谦和，待人接物温柔敦厚。老俩口情笃意浓、相敬如宾。方姨腿脚不便，清晨或傍晚，风雨无阻，宁伯推着方姨的轮椅在千步连廊里“散步”，人们都说这是一道“亲和”的风景线。

两天后，会员理事会配合家属为宁伯举办追悼仪式。

低沉的哀乐像寒夜的潮水，一阵一阵拍打着大家的心岸，宁伯遗像上那双眼睛依然慈爱温存，仿佛大家所熟悉的那样，向你传递友善的问候。

当覆盖着亲和源会旗的遗体被缓缓推进殡仪馆追悼大厅时，抽泣声划破似乎被凝固的空气。最后，抽泣声连成一片，像决堤的洪水，全场一片哭声……

从自己的哭声中降临，在别人的哭声中离去，这应该算是圆满人生。

宁伯的儿子宁弘一手扶着灵柩，一手搂着坐在轮椅里已经泣不成声的母亲。听到满场的哭声，他抬头一望，满场的白发，心头一颤，忙收住眼泪把母亲的轮椅推到来宾席的中间，然后站起身来，用手绢拭拭眼角，对着大家深深一鞠躬。

宁弘是一家大型国有企业的 CEO，可能做过无数次的报告：在全体员工大会上、在董事会上、在管理班子会议上……但在父亲的追悼会上致词，他失去了平时的自信和从容。

他执意拒绝了一般追悼会的流程。他说送别父亲的事，每一个必须的“环节”他都要“亲力亲为”。要为父亲多做一些，这是最后的机会。

宁弘不愿意让他父亲原单位派人来致悼词。宁伯原是一家金属研究所的科研人员，离开单位二十几年了。昨天来了一位退管会的领导，年纪尚轻，所以根本不认识宁伯。尽管脸上写着一脸的诚挚，但一开口就知道他来是例行公事。辞不达意会委屈了父亲，宁弘就以自己想“讲讲心里话”为由，婉拒了那位领导的“例行公事”。致辞和答辞都由他一个人“兼”了。

他也婉言谢绝了会员理事会的参与，他们都是父亲的好伙伴好邻居，但他们也都年事已高，白发人送白发人，伤心总是难免的，上了年纪的人有时会很忌讳。

追悼会的不少杂事，他都委托亲和源公寓的秘书们去张罗，他知道，父亲对这帮小男孩小女孩有依赖。

他深深一鞠躬，一直等哭声渐渐止住，大厅里重新变得鸦雀无声……他扫了一眼大厅，没想到还是来了那么多人，特别是那些父亲的新伙伴新邻居，都是上了年纪的爷叔伯伯阿姨婶婶们啊。

他直起腰，用感激的眼神安抚着大家悲伤的心情，缓缓地从黑色上衣的侧袋里，抽出字斟句酌了一个晚上的讲稿。

他的嗓音有点喑哑，不像平时做报告那样具有感染力和亲和力。他知道，这对他以及对他的父亲都只有一次，最后的一次，他希望能尽心尽力尽善尽美地完成这次“演讲”。其实，他没有太多的想法，只是希望对父亲、对父辈、对大家、对社会、甚至对整个世界倾诉一下一直积压在心头的那份对父亲的感情。这份感情是一种天伦、一种天性、一种愧疚、一种无奈，所以他希望用最真实的语言，最虔诚的方式来表达他作为一个儿子的感悟和感觉。

他没有像背年谱一样地去叙述他父亲的一生，因为深知父亲的秉性，谦和、淡泊和朴实是父亲的风格，所以他的悼词没有夸饰之词。

“……家父自幼长在宁波乡下，家中有薄田几亩，耕读传家。但那时社会混乱百业凋敝，祖父母含辛茹苦节衣缩食，供父亲上学，后赴上海读预科，转赴德国留学，所学冶金专业，取得柏林大学硕士学位。新中国成立，父亲留在上海参加冶金研究所工作。为新中国冶金事业的发展作出毕生贡献。退休后移居美国，听说美国桑利亚纳州的太阳城是养老天堂。那儿气候干燥环境优美，有利于父亲风湿病的康复。谁知远居他乡举目无亲父亲有离群孤雁之感，年岁愈老叶落归根之情越浓。在美国住了五年执意要回国……”

说到此时，他渐渐抬起头来，不再照稿宣科，声音也渐渐拔高“……父母回国之后，我想怎样才能让他们安度晚年呢？左思右想决定首先解决他们养老的居住环境。于是我在黄浦江边的高档住宅小区给他们买了一套三室二厅的住房，17 层超大的江景阳台。我想让他们每天看看五光十色的外滩，看看川流不息的轮船，这样总不会寂寞吧。父母刚开始还是蛮开心的，从美国亚利桑那的乡村到繁华的上海黄浦江边，他们兴奋和激动了一阵子。谁知道不到两个月,二老又愁眉不展了。我问他们为什么不开心,他们说轮船看厌了。

父母住在上海,按理说,我们应该膝下承欢,但我和妻子都很忙,还经常出差。不要说每天,就是每周一次去探望他们都很难保证。他们缺少交流的对象,缺少同社会的沟通,所以就难免落落寡欢。正在我们一筹莫展的时候,一天,父亲拿了份老年报给我,说有一家会员制养老社区在举办老年夏令营活动。去给你妈和我报个名吧!

老年夏令营,挺新鲜的。回到办公室后,我打了个电话过去,接电话的是一位女孩子,很热情,解释得也很到位。让二老去散散心吧,就算是一次不需要我们操心的旅游或度假。

一周后,夏令营结束。我正准备派车去接,父亲的电话来了,他一连声地说:快来、快来,我们有事同你商量。

我匆匆赶到亲和源,见他俩满面笑容,神态像刚刚放学的两个孩子。父亲对我说,快去办入会手续,我们决定不走了,就在亲和源养老。

其实,当时我对亲和源并不了解,只是为了表示孝顺。因为孝和顺是分不开的。

我应该尊重他们的选择,特别是养老方式的选择。去美国养老或是在江边买房,都是我们的安排,现在看来都不周全。养老方式应该由他们自己选择。

我现在了解亲和源了,我的了解是从父母的变化中感觉到的,过去住在滨江花园,我每次去探望他们,临走时父母总要问一句:下次什么时候来?我知道,我成了他们生活的全部。住到亲和源后,我每次去看他们,临走时他们却说,你去忙吧,不用牵挂我们,我们现在也很忙。我成了他们生活中并不重要的一小部分……

父亲常对我说,退休之后在亲和源的生活,是他最快乐的日子。他的变化是明显的,他开始关心身边的人。其他会员的喜怒哀乐开始融入他们的生活。他开始有了新的快乐和烦愁，又恢复了去图书馆的习惯，甚至对插花艺术开始感兴趣……”

父亲故世前，有过短暂的清醒。他对我说，在亲和源的两年，是他养老生活中最快乐的两年……也要我好好感谢亲和源的领导，感谢他的养老伙伴，他的社区会员们……”

他走到亲和源董事长面前，深深一鞠躬，又对向围绕在轮椅边的亲和源会员们深深一鞠躬。

在大厅里，唏嘘声、哭泣声渐渐地连成一片。哀乐声又开始回旋在大厅里……

大家拥簇着坐在轮椅里泪流满面的方姨开始瞻仰遗容。队伍缓慢地移动着，方姨被儿子推到宁伯身边，她不愿离去，久久凝视着躺在鲜花丛中的宁伯。

宁伯脸色红润，神态从容，因为走得突然，脸上没有丝毫被病魔折磨的痕迹……

宁弘陪着母亲，同时又向在宁伯遗体前行礼的来宾还礼。

亲和源会员代表们步履沉重地走来，他们胸前都带着白花，臂上缠着黑纱，互相搀扶着走到宁伯身边，有的眼睛已经哭得红肿；有的把手中的黄花轻轻地放在宁伯脚边；桥牌沙龙的牌友把四副桥牌专用牌塞在他的手旁；编织小组的“80后美女”们，用五彩珠子编成一个花圈，这是她们连夜赶出来的，放在了宁伯的胸前……

突然，哀乐声悄悄地停了。一位会员代表推来一辆小车，小车上放着一只蛋糕。蛋糕很大，上面缀满黄色的、白色的奶油花，中间却有两朵大红的玫瑰。玫瑰四周插着8支点燃的蜡烛。

会员代表走到宁伯身边，鞠了一躬。大厅里顿时一片寂静，静得似乎空气都凝固了。

会员代表是薛伯，他是会员理事会成员。和宁伯夫妇住在一幢楼里，也是宁伯的围棋棋友。

薛伯附在宁伯的耳边，似乎在对他耳语，似乎怕惊吵了他，还似乎在同他私下小酌……尽管声音很轻，但在寂静的大厅里，每个人都能清晰地听到薛伯的一字一句：

“宁兄，同你商量个事。我们知道你对方姨好，你们结婚快六十年了吧。方姨每年生日，你都会给方姨买蛋糕，就是三年自然灾害你没处去买蛋糕，也要想办法用面粉做个面饼算作蛋糕，有次我俩下棋你告诉我的。这是你的心意，你们的情分。今天是方姨的八十大寿，你早就给他定好一个大蛋糕，配餐中心也为你准备了。我们今天把蛋糕带来了。我们想你一定会同意，让你最后一次表示对方姨的感情和心意。来，我们一起来为方姨唱一支生日歌吧……”

在薛伯的带领下，大家噙着眼泪，轻轻地唱着：“祝您生日快乐 Happy birthday to you……”

宁弘扶起方姨：“妈妈，对不起，我都忘掉了今天是你生日，许个愿吧……”

方姨强忍住抽泣，俯下身去，嘴里喃喃地说：“我的愿望：老伴，你要一直陪伴我……”

儿子帮着她一起吹灭了蜡烛。

薛伯对宁伯说：“宁兄，你听到方姨的愿望了吗？我们一起吧，要一直陪伴着你的老伴。亲和源也会一直陪伴着你的老伴。从明年开始，方姨的生日蛋糕就交给我们大家了。我们一定会代你为她准备九十岁的生日蛋糕、100 岁的生日蛋糕……”

随着薛伯的话音，破天荒地在追悼会上响起掌声，声音不大，但有点震撼人心……

参加宁伯追悼会的人回来都说：“宁伯好像活着……真的像睡着了一样。”

睡前的亲吻

小刘把女朋友送回宿舍，一个人沿着创业路走着，沉浸在刚才同女友牵手而行的一幕，心里美滋滋的。但还是不断地埋怨自己：为什么不吻她一下。

他已经无数次地想象着这样的场景：……把她轻轻地一拉，她乖势扑倒在他的怀里。然后，紧紧搂住她的腰。不，围着她的胸，好像应该搂住她的脖子，用力还是不用力？他拿不准！回忆着电影或者电视上经常有的亲吻镜头……反正“特写”是搂脖子，“中景”是搂胸，“近景”是搂腰……然后，从哪里开始呢？额头，耳边，鼻根，还是直奔“主题”？

小刘脸上泛起红晕，嘴里嘀咕了一句：没用的东西，你就是想像的巨人，行动的矮子！

每次约会他都下定决心，要“下手”，但最后都“无功而返”。不是没有机会，每次都因为是最后的“犹豫”。这种犹豫不是因为感情的不坚定，而是怕感情的不完美。每次相聚，没有太多的花前月下，却常常是路边街头，但每次都留给他十分温馨的感觉，也许是这份“温馨”，使他格外珍惜；因为珍惜，他才不敢轻易亵渎。

街上五光十色的霓虹灯渐渐多了起来，康桥小镇越来越繁华了，沿着康河边，开出了一家连一家的“现代服务业”，有快餐、甜品、小吃、点心、火锅、酒吧、网吧和茶吧……小刘自嘲地摇头，现如今年轻人都把爱情当作甜品，小吃、点心，或者火锅，要么随意轻松，要么火辣一涮……自己却还守着那一份诚真！

小刘是亲和源的秘书，他负责三号楼会员的管理和服务工作，不管他值不值班，回宿舍之前，他都要去一趟三号楼。不巡视一遍会睡不着觉，是生活习惯也罢，工作习惯也罢，习惯了，就成了自己一天不可或缺的一部分。

亲和源很安静，老人聚居的地方，作息习惯也越来越返璞归真，日出而作，日入而息。往往第一缕晨光，一定会照见老人的身影。老人一般也不会理睬黄昏小雀归林的聒噪。

穿过连廊，前面就是三号楼，夜已深沉，会员大都熄灯安睡。五楼方姨家的那盏灯还亮着，小刘心头一紧，方姨难道还是失眠？

老伴走后，方姨明显憔悴了。小刘是她的秘书，对她的照料分外上心，开始以为她过于悲伤，公寓领导为此还专门召开了“帮助方姨尽快走出悲伤”的研讨会。

不同的教育层次，不同的家庭背景，不同的生活经历，对于生死，都会形成每个人自己的理解，而且这种理解一定会是他晚年的精神支柱。

只有到了老年，才会对生死进行坦然的、认真的、平静的思考。不管他是否皈依，是否觉悟，是否超脱。总之，他们会比年轻人更务实地理解生死。

对秘书小刘的格外关照，方姨很认真地对他说：“我已经不会去无谓的悲伤，这对走了的老伴还是我自己，都不是很好的态度。你们放心好了，甚至在老伴走之前，我俩对彼此的离去都已经走出了悲伤。”

小刘很仔细地观察了方姨的生活情况，发现确实如此。方姨思念老伴，生活中依然保留着老伴在时的习惯，保留着许多共同生活的痕迹，这很正常，毕竟有长达 60 年的夫妻生活。但这不是悲伤，而是习惯。比如，小刘发现，在很长的一段时间里，方姨会放两杯漱口水。这两只漱口杯，还是他们去夏威夷旅游时，在街边小摊上买的。有时，还会在两支牙刷上挤上牙膏……对独居老人，小刘每天早晨都要去探视一下，发现了这件事，就问方姨说，你为什么不把水倒掉呢？方姨说留着明天用吧，也省了明天再倒两杯，两人还轻松地相视一笑。

小刘是这样理解方姨的，其实她是在刻意地保留着过去的生活习惯，这样会唤起美好的回忆，而不是一味的悲伤。

前些天，好几个会员神情紧张地来反映：三号楼五楼楼道里半夜还有人游荡……

会是谁？小刘第一反应是方姨。

方姨毕竟八十高龄了，况且又是独居，身体在慢慢衰弱，秘书和服务人员给予更多的关注，她有什么事是隐瞒不住的。比如，她仍然参加她喜欢的编织活动。过去她认定编个什么，比如芭比娃娃，是有难度的，但她非编成不可，精气神十足。可如今，没有半个小时，她就在坐在那里打盹了，有时还有微微的鼾声。说明什么，说明她睡眠少。

饮食其实也没有明显的减少，就是吃饭变得迟缓，吃着吃着有时也会打盹，说明什么，说明她晚上没睡好。

小刘看在眼里，记在心上。一直想找个机会同方姨聊聊，上周值班，他巡视到方姨家门口，见里面还有灯光，就按了下门铃，方姨听脚步声就知道是小刘，在里面示意让小刘进来，小刘便用自己的门卡开门进去。

按亲和源管理条例规定，秘书的“一卡通”是没有会员家开门密码的。方姨老伴走后，方姨主动提出来，希望把自家的开门密码留给秘书小刘，一是信任小刘，两年多下来，她已经把小刘当做她的孙辈；二是她现在独居，万一有意外，也可以及时救援。在征得家属同意后，作为特例，小刘的一卡通输入了方姨的开门密码。

方姨看见小刘进来，脸上立刻绽开笑容。从床上坐起，披了件衣服，拍拍床沿，让小刘坐下。

“今天值班?”方姨问。

小刘点点头:“睡不着，失眠?”

“有段时间了。”方姨并不想隐瞒:“越是睡不着，心理压力就越大，也就越睡不着……长夜难捱，到后来会感到心口堵得慌……有时只好一个人摇着轮椅在走廊里徘徊，想摇得人疲劳了，可能会睡着。”

“为什么不去看病呢? 让医生配点安眠药。”小刘关切地问。

“没用的。”方姨摇摇头:“我这不是病，我知道，药是没用的。”

“为什么呢?”小刘也知道，方姨不是有病，有病也是心病，心病要心药医，小刘早就请教过曹医生，曹医生说，方姨实在精神不佳，可以给她服几粒安眠药，但治标不治本，恐怕无益。长此下去，反倒会促使虚证变成实证，偶然变成必然，反而不妥。所以小刘一直想找机会，问问方姨实情。

“其实，其实原因……我知道……”方姨欲言又止，抬起头，看了眼小刘那双清纯的双眸，心头一颤，似乎看到60年前，老伴那双清纯的双眸。诚挚、坦率，其实还有一丝无邪，一丝隐隐的柔情。就是这样一双眼睛，使她陷入情网，开始60年无悔的婚姻之路。

已经习惯了，她不可能在这样一双明眸面前说谎。方姨一时变得心慌意乱，脑际泛起无数的联想。耳边清晰地响着小刘那还带着一点稚气的声音:“方姨，什么原因会让你天天失眠呢?”

为什么? 原因太简单了。方姨想，这孩子能理解自己长达60多年的感情生活吗? 其实越让人心醉的感情，越是由琐碎的小事酿成。

“方姨，你能帮我一个忙吗?”小刘见方姨迟疑，就换了个话题。

方姨点点头:“说吧,只怕方姨不能帮到你什么。”

平时都是方姨请小刘帮着做事,这倒是第一次小刘开口请她帮忙,方姨不觉添了几分精神。

“方姨,我请你参谋参谋。”小刘脸上写满了真诚:“我谈了个女朋友,我拿不准她是不是喜欢我。”

“多久了?”

“半年。”

“怎么认识的?”

“华硕软件公司的技术员,在区图书馆认识的。”

“你们约会吗?”

“有空就会有约会。”

“一周几次?”

“两到三次。”

“约会时谈点什么?”

“什么都谈,鸡毛蒜皮的。”

“有什么,在你心里忘不掉细节?”

“没有……”小刘昂起脖子,想了半天,“这算不算……方姨,我们每次碰面后,她总是让我看看她脑后的发夹戴得怎么样?”

“你会怎么样?”

“我会很认真地帮助戴正、戴好。”

“她开始依赖你了。”方姨抬眼望天:“她依赖你有多少,爱你也就有多深。”

“噢!”小刘若有所思。他有了几分明白:“爱情就是互相依赖。”

“不仅是爱情,婚姻更是。”

曾经沧海难为水,人家的阅历是摆在那儿的,小刘对方姨不仅信任,更有几分钦佩。方姨也对小刘越发信任了,这孩子心地一片纯真。

“方姨，我把秘密告诉你，你也把失眠的原因告诉我，好吗？”小刘毕竟还是大孩子，跟祖母级的方姨讨价还价了。

方姨想了想，脸上泛起了两块红晕，轻声地说：“没人帮我关灯……”

呵，小刘立马明白了，过去方姨睡着了，老伴帮她关灯。现在方姨想睡了，就得自己关灯。一关灯，睡意就没了。60 多年下来，她养成了关灯睡觉的习惯，想睡了如果灯没关，下意识又牵挂那盏没关的灯，那就睡不着，这真够折腾的！

小刘站起身来，帮方姨披着的衣服抽掉，扶着她躺下，帮她掖好被角，又在她床边的椅子上坐下，看着方姨慈祥的脸庞。他忽然想起了自己的姥姥，也是这样一张慈祥的脸。姥姥如今留给他的印象，就是幼年的他躺在竹榻上，姥姥唱着儿歌，在他肩头软软地拍着，悠悠地哄他睡去。

小刘情不自禁轻轻地拍着方姨的肩膀，渐渐地方姨安详地睡去。

小刘轻轻地起身，关上灯，蹑手蹑脚地离开方姨家。走出连廊，再回头看看五楼，一片漆黑，小刘放心地松了口气。

过去了仅仅 3 天。

今天小刘女朋友晚班，11 点下班。小刘九点半帮方姨关了灯，骑了辆自行车去接女朋友下班，把女朋友送回家后，顺便想再巡视一下，谁知方姨家的灯又亮了。

小刘上了五楼，站在方姨家门口，迟疑了半天，不知该不该进去。忽然门开了，方姨坐在轮椅上对小刘说：“听到电梯声音了，知道一定是你。小刘呀真的对不起……”

小刘不想埋怨她，把她推到房里，扶她上床：“快睡下，当心着凉。”尽管是初秋，半夜已经有些凉意。

小刘像前几天一样，帮她掖好被子，坐在她身边，轻轻地拍着她的

肩膀。

“不是这样的……”方姨尽管闭着眼，但眼角却溢出一点晶莹的泪水，她犹豫了一会，知道不应该再折腾这纯真的孩子，小刘就是她的亲人，她心里明白，尽管小刘做不到，但不能欺骗他：“……小刘，不是这样的。他让我睡下后，习惯在我额头亲吻一下。然后，关上灯，轻轻地走了……”

小刘明白了，这就是依赖，他毫不犹豫的在方姨额头轻轻地吻了一下，他明显地感到本来有些颤悸的方姨顿时安静了，他轻轻地关上了灯，轻轻地离开方姨家。

方姨依赖那个长达六十年的临睡前的亲吻。

小刘站在连廊里，久久地凝视五楼的那扇窗，当子夜的冷风吹得他不停地寒颤，他才收回目光，悄悄离去。

灯光没有再亮起。

老人永远第一位

入住亲和源社区那天，尽管楼栋的小秘书们一口一句“阿姨”叫得那么甜，顾阿姨脸上丝毫没有露出一丝笑容，冷若冰霜，仿佛她的心底藏着一块冰，就那么冷冷地、甚至还怀着一丝敌意地看着工人们、秘书们，还有她的女儿忙忙碌碌，仿佛周围的一切都跟她毫不相干一般。

尽管没有言语，楼栋的高级秘书小朱已经注意到了这一点，更让小朱感到担忧的是，顾阿姨的行李中有一个盖着红布的盒子特别令人生疑，从搬进来那一刻起，顾阿姨唯一关心的似乎就只有那个盒子，好像生怕别人抢了去，刚开始紧紧抱在怀里，后来就放到阳台那里去了。小朱的担心不是多余的，因为在忙完一切跟顾阿姨道别时，小朱突然发觉阳台一角似乎有东西在动。

“难道是宠物？”小朱心头蒙上一丝阴云。在亲和源里，养宠物是被明令禁止的，一般在签约前就把这一条明确告知。但是小朱看到顾阿姨的态度，也不好直接去问。等忙完手头的一些日常工作后，小朱马上打电话与负责顾阿姨会员招募的小王了解情况。

原来，顾阿姨已孀居多年，膝下仅有一女。其实，女儿对顾阿姨非常好，但是，由于工作的原因，顾阿姨的女儿要被派往南非三年。这是一个非常好的机会，对女儿的事业有着至关重要的意义，她不想失去这个宝贵的机会。但是，怎么安排母亲的生活，也是让女儿纠结了很久的问题。

经过反复咨询和了解，女儿决定选择亲和源来安顿自己的母亲。谁知，母亲一听女儿的这个想法，就说女儿要抛弃她，很不情愿搬来。女儿为此几乎磨破了嘴皮子，好说歹说，承诺三年一满马上回国陪母亲，顾阿姨尽管心里一百个不愿意，但也没有更好的办法。所以，顾阿姨对入住亲和源从内心里是抗拒的，这一点亲和源评估部的工作人员也都知道，但是关于带宠物这个事情，倒是从来没有听说。

为了把问题搞清楚，小朱带着疑问再次敲开了顾阿姨的家门。一阵嘘寒问暖，顾阿姨脸上的表情始终没有变化。看来，顾阿姨的心结很难打开。但是小朱心想：人心都是肉长的，只要我们有耐心，用一流的服务感化她，时间长了，她一定会认可亲和源，接纳我们的。但是关于宠物……小朱故意把话题引到了这方面。

"顾阿姨，我们社区里是不让带宠物的，这个您应该听说过的吧？"小朱试探性地问道。

"嗯。"顾阿姨依然是冷冰冰的一张脸。

"顾阿姨，您如果真的带了宠物，我们会为您妥善安排的。"

"……"

"顾阿姨，那天我看到你阳台的盒子里有东西在动，是猫还是狗呢？"

"没有，你看错了。"

话音刚落，一只黑色的小狗突然从沙发底钻了出来，一下子跳到了顾阿姨的身上，然后亲热地舔着她的手……

"这就是您养的狗吧，很可爱呀！"

顾阿姨看到已经隐瞒不过去，态度稍软道：

“我的小黑很乖的，它从来不叫唤，我不把它带出去行么？”

“顾阿姨，这是我们的规定，您能支持我的工作么？”

“我支持你，那谁来支持我？”顾阿姨仿佛一下子打开了封锁已久的心门，把心中压抑的情感完全爆发了出来，“我女儿不要我了，能陪伴我的就只有我的小黑了，难道你们还要把它带走？你们干脆要了我的命吧！跟你说，你要带走小黑，除非我死了！”

“顾阿姨……”顾阿姨的态度让小朱无言以对。

“行了，你别说了。该说的我都说了，你不用再说了，要带走小黑，这不可能！”

顾阿姨斩钉截铁的语气，无异于是关上了商谈的大门。

小朱从顾阿姨家出来的时候，心里沉重得像压了块石头。这个事情确实不好处理，现在顾阿姨在上海可以说是举目无亲了，而且也已经入住了。虽然按照亲和源的规定，她隐瞒了带宠物进社区的事实是违约在先，亲和源完全可以强制停止协议，或者强行处理她的宠物，但是无论哪种做法，势必为顾阿姨平添更多的悲伤。这是小朱不愿意看到的。

怎么办？小朱觉得她面临在亲和源工作以来最难解决的难题，一边是亲和源的规章和纪律，一边是老人无法抚平的心结和情绪，无论照顾了哪一边，就意味着无法顾及另一边。怎么办？怎么办？小朱的心里满是问号，却找不到任何答案。

第二天的工作晨会，小朱把这个情况向领导陈经理作了汇报。陈经理在会上沉吟了片刻，说道：“小朱，这个情况我们会后再商量吧。”

晨会后，陈经理留住了小朱。

“我听了你汇报的关于顾阿姨家的宠物的问题，虽然还没有亲自去了解情况，但是我觉得这个问题肯定是比较棘手的，否则你这个老员工

也不会愁成这样。”

“是啊，我想一会儿再去跟顾阿姨谈谈。”

“嗯，不错，当然还要继续努力做工作。但是，小朱，我问你一点，如果，我是说如果，这件事情真的陷入一个僵局，老人的工作无论如何也做不通，你打算怎么办？”

“是啊，这正是我最为难的地方。按照我们的工作纪律，我们完全有权利采取强硬措施。但是，顾阿姨也真是挺可怜的，她口口声声说女儿不要她了，小狗是她唯一的精神支柱。如果我们真的采取强硬态度，恐怕会伤害老人的感情。”

“那么你，会怎么做？”

“我……不知道啊。”

“小朱，你记住，在我们亲和源，老人永远是第一位的。在顾阿姨这个事情上，我们的工作确有疏忽之处。但是，不管怎么说，她已经入住了，宠物也已经带进来了。还记得我们的服务理念吗？”

“当然，‘代天下儿女尽孝，替世间父母分忧’。”

“说得好，‘替世间父母分忧’，现在顾阿姨就是我们的父母，她的忧愁就是我们父母的忧愁。无论她的做法是否有错，但是，我们做儿女的，就有责任和义务替她分忧，不是么？”

“但是，我们的规章和纪律怎么办？”

“我也不知道。我只知道，老人永远是第一位的。”

陈经理说完这句话，就微笑着望着小朱不再说话了。小朱试图再与领导商量具体的对策，但是看陈经理的态度似乎已经结束了谈话，她也不好再问什么，只好回到了值班台。

这是第一次，领导没有给一个明确的答案。小朱心想，这算什么意思？难道真的遇见问题了，领导就跟我打哈哈？想到这里，小朱心里有点生气。但是，领导反复强调了“老人永远是第一位的”，这不也表明了态度了么？小朱心里似乎在那么一瞬间有一点豁亮的光闪过：老人是第一位的，那么，是不是就意味着，在不触及原则的前提下，或者说在不影响到别的会员的生活的情况下，我们亲和源的规章可以为了老人而让路？这个大胆的假设让小朱自己都有点惊讶。一直以来，小朱都认为，亲和源的管理章程是雷打不动的“法律”，自己从来都没想过去挑战这一部“法律”。可是，今天陈经理的态度不就是这个意思么？

小朱从小在农村长大，从小到大的生活经历养成了她不怕困难的精神，愈挫愈勇是周围同事对她最直观的感受。虽然还有点疑惑，但是小朱觉得自己已经想通了，整个人也顿时轻松了起来，精神振奋地开始一天忙碌的工作。

在亲和源，时光是缓缓的溪水，不为人注意地悄悄流淌着，三个月时间很快就过去了。在这三个月里，小朱和她的同事们为会员尽心尽力地服务着，特别是对三个月前新入住的顾阿姨，她们付出了更多的时间和感情。但是，跟其他的会员相比，顾阿姨还是比较孤僻，除非必要，她一般不出门，更不参加社区的活动。而她的那条小狗小黑，也确实如顾阿姨承诺的那样，从来不吠叫，所以除了几个工作人员，没几个人知道它的存在。小朱和同事们也多次上门劝说顾阿姨寄养小狗，但是顾阿姨始终不松口。

这一天早晨，小朱如常正在电脑前输入新入住会员的资料，最近亲和源的销售形势一片大好，每周都有好多新会员入住进来，小朱她们也更忙活了。但是，工作越繁忙，这支充满朝气的队伍就越有活力。

这时，电梯的铃声响了，很难得，是顾阿姨下来了。一般除了去餐厅，她都不怎么下楼。更令人惊讶的是，顾阿姨脸上还带着一丝微笑，手里提着个袋子，直接就走到了前台。顾阿姨把袋子放下，说道：“小朱，这几个月来，麻烦你们了。这是我自己包的粽子，尝尝吧！”

小朱简直不相信自己的眼睛和耳朵，这是几个月来顾阿姨第一次主动跟自己说话，一时间她感到有点鼻酸。看着顾阿姨转身又要回去，她赶紧站起身来追过去扶住她："顾阿姨，您别这么客气，我们不能收您的礼物的……"

"必须吃！"顾阿姨一下子把嗓门提高了，脸上又恢复了惯常的严肃，"你们领导如果说你们，我去找他去！"

"顾阿姨，也不是……"

"那就不讨论了。"顾阿姨又一次斩钉截铁把话头关上了。

"那……"小朱又想说小黑的事情。

"小黑的事情……"顾阿姨完全猜透了小朱的意思，人已经进入电梯了，她按住门，又说道。

小朱的心激动得跳起来，等着顾阿姨往下说。

"小黑的事情，你以后还是免谈了吧。我知道，你们都是好孩子，真的像儿女一样地对待我，我也很感激你们。但是，你们是儿女，小黑也是我的儿女，我是不会把小黑送走的。"

说完，顾阿姨把电梯关上了。留下小朱一人，呆呆地站在电梯口。

这个顾阿姨……小朱心想：但是无论怎么说，老人终于开始信任我们，慢慢打开她关闭的心门了，这总算是一件好事。虽然再次在小黑这件事情上碰壁，但是小朱已经习惯了自我解脱。今天顾阿姨态度的转变，还给我们送来自己亲手做的食物，这都是几个月来大家用真心换真情的结果，无论如何，这都是一件很值得高兴的事情。

这是发生在亲和源的一个比较罕见的案例。在会员的选择和亲和源的管理纪律发生冲突的时候，亲和源本着老人永远是第一位的精神选择了妥协。这件事情曾经多次在工作会议上被拿来讨论，至今也没有得到解决。小黑依然乖乖地在顾阿姨家的阳台上生活着，负责打扫的物业公司的员工经常看见它，狗如其名，小小的，黑黑的，特别的乖。也许，在顾阿姨的精神世界里，它真的是无法替代的。但是，亲和源的秘书们对于老人而言，更是无法替代。在亲和源，很多老人已经把秘书们当作比儿女更亲的人。

顾阿姨现在已经完全恢复到她以往的状态，她原本是个爱笑、爱动，活泼的人。现在社区里的各种活动，经常可以看到她的影子。她从心里认同亲和源是她的第二个家，小朱他们是她新的儿女……也许，真的会有那么一天，她将不再需要小黑的陪伴。我们完全有理由去期盼那一天。

老张的抑郁症

在亲和源中，有一位“知心大哥”老张，会员们有不顺心的事了，或者会员间闹小矛盾了，甚至会员家庭里有问题了，都会找老张聊聊。他总会耐心地倾听会员们的心声，开导他们，为他们排遣困扰，解除忧虑和不安，他的心理治疗的专业和可靠赢得了众多会员的信任和称赞。让人意想不到的是，这位积极帮助其他会员解决心理问题的“知心大哥”，在多年以前，竟然是一位确诊的抑郁症患者。这究竟是怎么回事？老张是如何走出抑郁症的阴影，成为一个阳光开朗的业余心理医生的呢？故事还要从头说起——

1995 年，老张 60 岁，从局长岗位上退休了。在位时他一心扑在工作上，是个大忙人，一退下来，安闲的生活反而让他有些无所适从。孩子们都大了不用操心，孙子也一直由亲家带着，家里一直是老伴在操持，自己也没有什么兴趣爱好。看着老张经常对着公文包发愣，老伴秦阿姨经常张罗着让老张出去和老朋友聚会，可是老张不是个爱热闹的人，对聚会不感兴趣。上老年大学？就更不想了，老张不愿意和一大帮不认识的人坐在一起……

这说来也怪，原来忙忙碌碌的时候，身体也没觉得怎样，可是在家才待了几年，各种各样的问题接踵而来：脂肪肝、高血压、糖尿病，还有比较严重的冠心病。每跑一次医院，老张的情绪就低落一次，特别是在参加了一次又一次老领导们的葬礼后，秦阿姨发现，老张渐渐地变了，越来越不爱出门，经常唉声叹气，失眠早醒，和他说话也是有一句没一句的。原来老张还很爱看新闻，对时事政治还经常发些议论，可如今国庆60周年隆重的阅兵式，老张看都没看一眼。儿子回家时，也发现了父亲的异常，原来的精神矍铄、自信骄傲都不见了，颓废消沉，仿佛对什么都不感兴趣。

儿子悄悄地问秦阿姨："妈，爸这怎么了？不会是老年痴呆吧？"

秦阿姨赶忙打断儿子："别瞎说，哪有的事，你爸就是心情不太好，他记忆力、思维能力都好着呢。"

"那怎么突然情绪就这么低落呢？"儿子还是有很多的疑惑。

"可能是突然闲下来，不太适应吧！"

"长期这样下去可不行啊，还是应该带爸去医院看看。"儿子提议道。

秦阿姨觉得儿子说的有道理，母子俩商量了一下，决定还是得求助心理医生，看看到底是怎么回事。

"抑郁症……"拿着诊断书，秦阿姨和儿子有些愣住了，看着垂着头坐在外面休息区的老张，秦阿姨忍不住向医生提出了自己的疑惑，"我家老头子怎么可能抑郁呢？这一辈子多少大风大浪他都自己扛过来了，原来在单位，小青年有什么问题，都是老张亲自出面开导他们的，我觉得他对很多事情都看得很开，怎么会抑郁了呢？"

医生耐心的解释道："抑郁症并不专属任何特定人群，有可能发生在任何人的身上，形成原因有遗传因素、性格因素、环境因素、生理因素等。张先生的这种情况应该是个人心理和性格以及环境因素导致的。

根据前面的交流，他退休后所处的生活环境、人际环境都发生了很大的改变，而在生活中他找不到依托的重心，加上身体健康状况变差，也目睹了很多熟人的死亡，导致他对生活、对人生、对自己都有消极的负向的认知。"听医生这么一解释，秦阿姨和儿子频频点头。

医生又继续讲起了抑郁症的知识："抑郁症患者除了在情绪上会出现抑郁状态，还可能出现焦虑，在认知上自我评价会降低，可能出现注意力障碍、记忆力障碍；行为上丧失各种兴趣，社交退缩，精力下降；生理上会出现睡眠障碍，会出现消化系统症状，比如食欲不振、体重减轻等，还可能出现呼吸系统、循环系统等问题。抑郁症危害性很强，它造成的自杀率高过其他任何一种心理疾病和精神病。"

抑郁症带来的高自杀率秦阿姨在新闻里时有耳闻，听医生再三强调，秦阿姨和儿子都紧张了起来。

"该怎么治疗呢?"秦阿姨问。

"心理治疗和药物治疗相结合。"医生回答道："我会先开一些药，每周到医院心理治疗一次，作为患者家属，你们也要多鼓励患者，创造一些机会，让他有更多受重视、受重用的感觉。有条件的话，可以提供一些宽松的、积极的、快乐的环境给患者。记住，周围人的关怀和充满温情的环境是帮助抑郁症患者走出阴霾的重要因素。"

带着医生开的药，在回家的路上，秦阿姨很坦诚地向老张说明了他目前的问题。刚开始，老张很难接受，坚称自己没问题，但听过儿子很认真地讲述抑郁症的成因和表现，老张沉默了。确实，他就是在悲观厌世，觉得生活没意思，生命没价值。是否抑郁由他们说去吧，药开了就吃吧，每周和医生见一次面也无所谓，反正就当找个人聊聊天，老张自己暗想着，也不再和老伴、儿子争论什么了。

自此，老张开始了专业心理治疗，他一直坚持服药，每周都去医院做心理辅导和治疗。开始时虽然失眠、消沉症状有所减轻，一段时间过去了，治疗费花了不少，却也不见明显的好转。秦阿姨是个行动派，反思了这么多年的生活方式，她作了个大胆的决定：夫妻俩一起搬到亲和源去。秦阿姨有个朋友因为子女都在国外，自己住进了亲和源养老社区，秦阿姨去玩过好几次，印象最深的不是亲和源里面的环境有多漂亮，硬件有多好，而是会员们一张张快乐的笑脸。而且亲和源里面的会员普遍素质都很不错，听说一半以上都是大专文凭，有退休的教师、企业管理人员、科技工作人员，还有好多和老张一样的政府退休工作人员，其中好些人职位比老张还高。这样的环境，对老张应该有好处。秦阿姨的提议得到了儿子的支持，老张则满不在乎。

于是，秦阿姨拉着儿子和老张一起去了一次亲和源。儿子看到亲和源里面除了舒适的公寓，还有医院和健康管理中心，可以帮助老张康复，觉得很好。老张就更无所谓了，因为住哪儿都一样，他觉得自己就愿意多待在室内，亲和源里面的房子装修得比自家的好，关键是有电梯，上下方便。就这样，2010 年 6 月，秦阿姨和老张搬进了亲和源。会员秘书小赵、家庭医生王医生开始了对老张的帮助，而这些帮助都做得非常自然，不会让老张觉得自己是个病人。

知道老张喜欢和年轻人打交道，围棋下得特别好，小赵有意向老张拜师学棋。每天下了班，都虚心地向老张请教，二人有空就在一起研究棋谱、切磋棋艺，小赵聪明好学，后来竟在棋院考出了业余围棋三段。教出这样一个学生，老张忽然感到久违的成就感。“无证老师教出有证学生”的故事在亲和源传开了，很多对围棋感兴趣的老人也都上门请老张指导，老张从不吝赐教到乐此不疲，后来竟由他发起，建立起亲和源围棋社，而老张自然担任围棋社的首任社长，这让他重新找到了自己的价值。

起初，老张每周都去王医生那里作检查。王医生在老张面前从不表露出对其抑郁症的关注，只告诉老张他身上其他的病症都是老年人

的常见病，总体看，老张的身体比一般同龄老人都要好。更多的时间，王医生都在诚恳地赞扬老张曾经的成就，肯定老张的作为，鼓励老张多发挥余热，帮助更多的老人。在王医生的鼓励下，老张参加了亲和源义工团队，搞赈灾义卖、协助办老年夏令营、看望高龄独居老人等，老张的生活渐渐丰富起来。

秦阿姨也没闲着，家里大到金融投资、小到家具采购，都在积极地征求老张的意见，而不是像以前那样一手包办。儿子也经常到亲和源看望老张，再也不像以前那样，带点东西、吃个饭就走，而是会待上一整天，或向老张请教工作上的问题，或陪老张参加活动，父子间多了很多的互动……当邻居们对老张儿子事业有成还孝顺发出由衷的赞扬时，老张的自豪感油然而生："我这个儿子，从小就很不错的，我一直教育他做人要讲良心，做事要讲责任心。"这时的儿子总会补上一句："是的，没有老爸的培养，就没有我的今天。"这时候，老张的脸上满是欣慰的笑容。曾经的消沉，曾经的忧郁，逐渐远离了老张，取而代之的是充实的生活，温馨的晚年。

曾为老张做治疗的心理医生回访时十分惊奇于老张的转变："这也恢复得太快了吧?"秦阿姨半开玩笑地对医生说："您到亲和源看看，就知道为什么了，您说的环境因素，确实对治愈他这个病起了大作用了。"

于是，就有了现在的老张，他把从医生那里学来的心理治疗技巧和自己的心理历程相结合，逐渐成了业余的心理咨询师。哪里有人需要开导，老张就会以义工的身份出现，有时还会结合自己的经历现身说法，而抑郁症，早和老张说"拜拜"了。

倩　影

三号楼《亲和讲学堂》门前人头攒动，花篮从走廊一直排到大门口。秘书们还特地让管理部铺上红地毯。

曲老师，一身深色西服，系条金黄色领带，满头白发显得格外精神。他的夫人挽着他的手臂倚在他的身边，一袭大红织锦缎滚金边旗袍，鹅黄薄绒披肩，满头银发衬着满月般的脸庞，眼角仅有的几条鱼尾纹，平添了几分和蔼，七十多岁仍显得亭亭玉立，风姿依然。夫妇俩不停地向来宾和亲和源会员们颔首致意。他早就承诺开幕仪式一定参加。

奚院长来了，他也早就承诺，再忙，开幕仪式一定参加。在一片掌声中，他同曲老一起拉下了蒙在展示牌上的红绸。

展示牌上写着两个大字：倩影。下面有一行小字：老曲摄影作品回顾展。

老曲夫妇请大家步入亲和讲堂。

奚院长问曲夫人："袁老师能走了？"曲夫人在中学校长的位置上退的休，大家都习惯称她袁老师。

曲夫人笑笑："他是我的拐杖，靠着他就能走。"

迎面一幅大照片，黑白的，看得出有年头了。

照片上一位少女，穿着宽袖衬衫和背带裙，脸上化着淡淡的演出妆，似乎刚刚从舞台上下来，双手捧着一束鲜花。侧着身，背后一片凤尾竹林，婀娜摇曳……

“这张照片拍摄于1955年，在华东师范大学的校园，就在有着美丽爱情传说的丽娃河边夏雨岛上拍的。当初袁老师还在教育系读书。这是曲老给袁老师拍的第一张照片。”秘书小李当起了讲解员。

“那年国庆节，袁老师刚刚演出结束。曲老是党报的记者，到学院去采访。他把袁老师拽到丽娃河边照了这张相。”

后来，曲老在把照片送给袁老师时，在照片的背后写着：我的心是镜框，永远镶嵌着您的倩影。

这张照片也就成为了曲老师和袁老师的定情信物。

小李“毫不留情”地披露着曲老师夫妇的“隐私”，引来了一片笑声，惹得袁老师脸上腾起红晕。

小李带大家走到第二幅作品前。尽管还是黑白的，照片上的袁老师依然洋溢着青春的秀丽，但眉目神情简已有了几分成熟和矜持。

照片上袁老师分明在码头边，右手挥舞着丝巾，身躯前倾似乎难分难舍。

小李继续解说：“曲老师和袁老师1958年结婚，婚后的第二天曲老师就受命去农村蹲点。

曲老师指着旁边的一幅小照片说：“这是我下农村拍回的一幅照片，登在《解放日报》头版上，反映的是农村大炼钢铁的景象。有点荒唐吧，每村每社都在土法炼钢，把家里的铁锅、铁铲都炼了，成了一坨坨铁疙瘩。”

曲老的作品回顾展，主线作品都是表现袁老师，袁老师不是在码头，就是在车站或是机场，而且都是袁老师在为曲老送行。但每幅作品都配一张小照片，那是曲老出行的“成果”。

有些还是在当时非常具有影响力的照片，如第一颗原子弹的爆炸，万吨巨轮的下水仪式，等等。

“我们婚后一直聚少离多……我是十分对不起小袁的。”曲老拍拍袁老师的手背，他一直没改过称呼。

有一张照片，拍得十分生动。袁老师骑着自行车，一脸的焦急，右手扶着车把，左手高高托着一个小包。

“那是我下乡去参加‘四清’工作，卡车已经开了。小袁赶来了，还给我送来了炒麦粉和毛背心，那时她怀孕了。”

旁边还有一张当时发表在《文汇报》的作品“四清工作在田头”。

文革开始了，曲老师夫妇的生活有了不同的变化：

袁老师在五七干校，荷锄走在田埂上——这是曲老去探亲时拍的。

袁老师在喂猪。

袁老师在农村学校上课。

袁老师神态中的青春姣好已荡然无存，沉稳和疲惫开始爬上她的脸庞。袁老师肖像的旁边也没有了曲老的作品。

“那时我也在五七干校，我已经没有采访和创作的权力了。”曲老师无奈地说。

当第一张彩色照片出现时，也标志着曲老师夫妇的事业，走进了人生新的辉煌期。

袁老师在北京参加全国教师工作会议。

那一年，她被评为特级教师出任市重点中学的校长。

曲老师发表的作品是《春天的脚步》，反映深圳日新月异的建设。

袁老师在授课……

袁老师在演讲……

袁老师在出访……

五·七
干校

袁老师神采奕奕，然而，白发渐渐爬上了她的双鬓。

曲老师的创作也进入了高峰期。作品内容从时政要闻、社会动态到闲情逸致都有反应和表现。曲老指着一张抗洪救灾的照片说：“当时江水决堤水淹县城，我在第一时间搭武警冲锋舟进入现场，写了新闻稿并配了这幅照片。谁知报社领导告诉我，擅自行动，新闻记者采访灾情十万火急，哪里还顾得上这些。第二天我在水灾现场继续发稿发照片，报社回复还是让我写检查。我三言两语写了份检查，还复印了一大摞。每天继续发灾情稿，同时附一份检查。一连五天，报社拒不刊发，还好当时朱镕基总理发话了：你们报社怎么搞的，豆腐渣工程你们还捂着！”

“当然，不会像过去那样，把我打入十八层地狱了，但有朱总理这句话，我立马成了英雄。”曲老师开怀一笑。

照片上的袁老师已经是满头白发，捧着学生们送给她的鲜花，满脸洋溢着灿烂的笑容。

“三年前，我们一起退休了。”曲老师指着这张照片说：“终于结束了我们聚少离多的日子，儿子也去国外攻读他的学位去了，我们相约，接下来的人生道路，我们要天天厮守在一起，过美妙的两人世界。”

这时袁老师开口了：“我们一起定了一个目标，趁我们还走得动，写得动，拍得动，我们俩真正地合作一把，我写文，他配图，把我们的情怀，感悟和思绪，就像我们当年在华师大的丽娃河边相约一样，真正地交汇在一起。”

展览厅里响起掌声，大家都为袁老师的话所感动，也为她们的人生愿望感动。

曲老师领着大家走到下一幅照片前，语调变得凝重了，照片上是亲和源的大门。大门下，袁老师端坐在轮椅上。

“去年，小袁突发脑梗，抢救及时，总算脱离了生命危险。三个月治疗后，进入康复阶段。然而到哪里去康复呢？偌大的一个上海，竟然找不到一个养老和康复兼顾的地方。因为我们毕竟相约要天天厮守在一起。”曲老师看了袁老师一眼，眼神里充满坚定：“后来，经一位市领导推荐，我们来到了亲和源。”

接下来的一组照片，都是袁老师的康复经历，体现了袁老师热爱生活，战胜病魔的过程。

她被“绑”在跑步机上，这是被动式器械，机器在动，“迫使”袁老师艰难地迈步……

她的身体两侧插满了“灸针”，这是在器械康复时，在进行针灸理疗。

她在亲和书画社，重新握笔练习写字。从大楷写到小楷……字体从歪歪扭扭到恢复娟秀和飘逸……

她在渤海湾参加老年主题活动，在老年大学讲课……

她已经能够入厨，同新加坡的乐龄考察团一起，举办中新两国美食节……

袁老师终于又能站起来了，她康复计划，在指导教练的精心辅导下，又开始增加了恢复体型和强化肢体功能的内容……

在展览厅出口的平台上，竖着一块展板，展板上用玫瑰花构成心形，像镜框一样，中间镶嵌着那张照片，那张华师大丽娃河边袁老师捧着鲜花的照片。

照片旁两个龙飞凤舞的大字，曲老师写的“倩影”。

大家再一次欣赏袁老师当年纯真优雅的风姿。突然两位秘书上去轻轻一推，把中间的心形镜框慢慢地转动。啊，心形镜框的背后镶嵌着另一张彩色照片。

照片上的袁老师依然亭亭玉立，双手捧着花球，但背景不是丽娃河夏雨岛的竹林，而是在亲和源倚霞亭前访碧桥边的花丛。

袁老师的脸上洋溢着甜美的笑，那种有点矜持、有点婉约、有点率真、有点高雅、还保有一丝少女诚真的笑。

秘书们给袁老师献上一样的一束鲜花，把曲老师和袁老师推到照片前。亲和源摄影沙龙的摄友们一拥而上，顿时响起一片快笑声。

曲老师激动地说："我们将一切从头开始，重新开始，从亲和源开始！"

“老炮”正传

“作为餐厅的负责人，你不做好餐厅的管理工作，让那么多的老人都吃不上饭，只能在家做饭，你想想啊，都是些七老八十的老人啊，你忍心吗？这不是渎职，简直是犯罪。”“老炮”拍着偌大的会议桌怒发冲冠。这是“老炮”第几次在理事会上发火，恐怕“老炮”本人都不记得，但这就是耿直不阿、直言不讳的“老炮”，一个真实的“老炮”。

“老炮”其实并不姓炮，本姓周，是亲和源老年公寓会员理事会的成员。作为一名理事会成员，有权对公寓的服务进行监督与建议。近段时间因为种种原因，餐厅的整体服务水平下滑，“老炮”为此着急不已，在多次的沟通协调未果的情况下，发火的次数一次比一次多，一次比一次厉害，大家都戏称他为“老炮”，敢作敢为、敢说敢拍桌子的“老炮”。

这次，为了餐厅的质量问题，“老炮”简直火得不行。

“王经理，说说吧，你们打算怎么样对餐厅的管理工作进行改进，也让我们这些老人听听你们的高见。”这天下午，“老炮”在社区里遇上了餐厅经理，直接“呛”了起来。

“伯伯，我们打算在近段时间内，加大对餐厅的管理力度，加强对厨师的考核以及培训，并深入去了解老人们的需要，争取对饭菜的质量进行改进，提高我们的服务水平。”餐厅王经理擦了擦额头的汗水说。

王经理是领教过这个较真老头的厉害，前几次会议上的咆哮就不说了，这几天还天天盯着餐厅，每到吃饭的时间就早早地来到餐厅，对餐厅的服务进行实地监督，并提出严厉的建议，让王经理颇为苦恼。

“对嘛……这才是你作为餐厅经理该说的话。我盯你们餐厅也不是一天两天了，这几天还是有改进的，但是还是不够。我希望你们要加强管理力度，否则，对不起亲和源公寓这几百个老人啊。”“老炮”感触地说道。

“伯伯，你放心，我们一定会加强管理的，一定。”王经理连忙承诺。

会议结束后，“老炮”点着烟和其他理事闲聊：

“不给点餐厅压力是不行的，我看啊，这几天我们几个再轮流去监督。”

“你个‘老炮’，不找点事情你难受啊！”其他理事打趣道。

“哎……说对了，不找点事情还真难受，我啊……就怕辜负这么多老人对我们的信任啊”。“老炮”晃着脑袋慢慢地走出了会场。

黄梅天说来就来，不给人留点期待，而公寓那儿出现的一片风景，着实让管理人员口瞪目呆了一阵。

连日的雨天，让老人们的房里充满了潮湿气味，无奈之下，只有将衣服、被子等物品都一一整理出来放到阳台上晾晒。可是，晾衣架再大也就这么大点地方，和老人的衣物完全不成正比，怎么办呢？也不知是哪位老人灵机一动先想出了一个办法，就是用竹竿撑出阳台进行晾晒，这样就多了一个宽敞的晒衣服的地方，这个办法一传十，十传百，很快就形成了一道独特的风景线。

这个方法的确满足了老人们晾晒衣物的需求，却极大地影响了亲和源公寓的形象。衣杆撑在外面不美观不说，而且还存在很多安全隐患，一阵大风都可以将竹竿吹掉，说不定就砸伤了路人。针对这个情况，管理服务部紧急召开了会议，并一致决定对老人们进行劝说，让大家把撑出的衣杆都收回阳台里面。

说干就干，服务人员开始了大规模的劝说，但是结果让管理部门失望，老人觉得我晾我的衣服，对别人又不造成影响，凭什么让我把东西收回去？于是，大部分老人对工作人员的劝说不理不睬，还是你说你的，我晾我的。

劝说未果，管理部门只好将这件事情摆到了会员理事会议上进行讨论，希望理事会能够帮忙出谋划策。管理部门刚将这事说完，“老炮”又拍案而起，将旁边的管理部门负责人吓了一跳，以为“老炮”的大炮又要开火了。

“这个事情，我们的管理部门做得很对。”“老炮”大声说道，管理部门负责人的心总算放了下来，他接着说，“公寓是我们的‘大家庭’，需要有统一的形象，否则你搞你的，我弄我的，弄得乱七八糟的，那不是不成规矩了吗？而且，这样做安全隐患也多，保不准什么时候往我‘老炮’头上来那么一下，我不就拜拜了吗……所以这个事情，我支持管理部门的决定。”

“老炮”的一席话，让在场所有的工作人员顿感欣慰，做了那么多工作，受了那么多委屈，终于有一个老人理解并支持，能不感动吗？

“但是，这样做会不会引起老人们的反感啊？毕竟他们也是无奈的选择，那么多衣服需要晾啊！”还有理事提出了不同的看法。

“什么叫没有办法，梅雨天总共才多少时间，晒不过来少晒点，今天晒几件，明天晒几件，完全可以做到的事，非要合在一起做，这不是找麻烦吗？而且，公寓的统一形象还是要维护的，这点我们要有‘大家庭’的心态，也要理解我们工作人员的难处啊！”“老炮”的话一下子说到了工作人员的心坎里了。

“这样，我们这些理事也别闲着，起个模范带头作用，有谁家还在撑竹竿的赶紧收掉。最重要的，我们也要劝劝别的老人，大家看怎么样？”

“你‘老炮’都这么说了，我们还能有什么意见啊……行，没问题！”

“对，就按你说的办。”

“还是很有道理的。”大家七嘴八舌的附和道，可见“老炮”在理事会里的影响力。

于是，老年公寓“理事劝说队”即刻成立，开始了说服工作，而“老炮”无疑是这支队伍的骨干。

“老姚啊，不是我‘老炮’说你，你说你这事办的，你分开来晒不就得了啊……你不怕哪天这破衣竿掉下去，砸到我‘老炮’的头啊！”

“‘老炮’，那不行的，衣服分开来晒，每次只能晒几件，剩下的就怕发霉了啊。”姚伯作为此次事件的首发者，丝毫不让。

“霉什么啊，少晒几件不会的，你就听我的，不信你先试试，先把这衣竿收回去好吗？他们管理部门也不容易，我们应该多体谅，多配合才是。就算给我‘老炮’几分面子行么？”“老炮”坚持原则，紧追不放。

“‘老炮’啊，呵呵，我倒是服了你了，好吧，我就先试试啊，不行，我得找你去啊。”姚伯无奈地说道。

“这就对了，没事就找我啊，大不了我们哥俩一起喝一杯啊！”

“你个‘老炮’啊，还是这德行，好啦好啦……我马上就把衣竿收回来。”

“嘿嘿……我帮你一起收啊，别说我光说不练啊。”“老炮”心里想着，万一我走了你又不收了，我得亲眼看着才行。

于是，“老炮”帮着老姚把架在外面的衣竿全都收了，满意地向了下一户老人家跑去。

工作人员看在眼里，感动在心里。

理事们劝说了半天，终于一户一户都将衣竿撤了下来，那片“风景

线”终于消失了，让公寓的工作人员感激不尽。

看着“老炮”那花白的头发，心中很不是滋味。“老炮”毕竟已经78岁高龄了，作为会员，他和所有会员一样有享受悠闲的晚年生活的权利，可是他为了这个“大家庭”始终来回奔波，有时候是为各部门的管理和服务，有时候是为会员的权益……虽然他经常会因为一些事情和工作人员争得面红耳赤，但是出发点都是为了这个“大家”，一旦这个“大家”受到了影响，“老炮”还是会设身处地地从大局出发，秉公处理，不考虑个人的得失利益，多么无私又正直的老人啊！

回家的路上，“老炮”和本楼的秘书小周交谈着。

“我‘老炮’吧，就是这样一个人，有什么问题，我就喜欢直言不讳地说，但是，该讲道理的时候我一定讲道理，该骂娘的时候我也一定骂娘，没错吧，小周……”“老炮”发出招牌豪爽的笑声。

“呵呵，您可是老当益壮呢，如果没有您的从中调解，晾衣竿的问题哪能那么快解决呢？”

“你小子可别给我戴高帽，捡好的来糊弄我啊……对了，上次跟你说的那件事你有没有跟你们领导反映啊……这件事也不得了啊，不行，我还是自己去找你们领导谈。”说着风风火火地迈开大步走了。

小周看着“老炮”健步如飞的背影，忍不住笑了——“老炮”，还真是“老炮”啊！

少帅日记

——记亲和源门球队

2011 年 1 月 1 日　晴

今天是元旦，2011 年新年的第一天，我走马上任，担任上海亲和源老年门球队的领队。当然，这是我的兼职，我是亲和源的健康秘书。

门球被说成是老年高尔夫，其实它的年龄适应度很宽，从儿童到老年都可以。我就是在中学时，参加的门球校队，接触了两年的门球，还同澳大利亚帕斯少年队交过手。因为场地和运动量的原因，近几年，门球受广大老年人的喜爱，渐渐地被认为是老年人专属的运动了。

我在亲和源入职时，填写过一份简历，提到过我曾经的“光荣”，谁知道亲和源的 ERP 管理软件，公司奚董在人力资料里，键入“门球”两字，在屏幕上第一个跳上来的就是我的名字。

于是，我被委以重任，出任亲和源门球队的主教练。

亲和源，为了会员们的门球活动，没有少投入。改造了门球场，购置了门球器械，设计了门球运动服，当然还送我去上海老年门球的冠军——上海老干部局门球队学习了三个月。

今天上午第一堂课，我走马上任了。

尽管是新年，还有点寒意，但是球员们热火朝天，干劲十足，水平嘛——不提了，我写下一串数字，可窥豹一斑。

77，23，1，18。

77，我们门球队的平均年龄。顺便提一下，最高年龄是89岁。

23，是我的年龄。

1，是1月1日，2011年的元旦，一切从"1"开始，"1"比较接近"0"。

18，我们有18名队员。

2011年2月15日　阴

有点冷，有点风，大冬天进行运动量不大的门球，要有点毅力。

但每周两次的训练课还是比较正常的，我自以为是认真的人，但队员们比我更认真，除了下雨，他们都坚持下场地训练。今天我本想安排他们在室内观看门球比赛录像，但他们坚持"实操"。他们说的对，球感是从场地上得来的。门球的球感比高尔夫更细腻。

球队的管理工作我很少操心，领导穆伯伯，原来是局长，管理水平比我高多了，队长也大多干过处长、科长的，级别很高。他们告诉我，要我一门心思抓技术，抓提高。

还要写下一串数字：

22，6.15，3。

22，是现有队员22名。

6.15，是参加浦东新区老年门球选拔赛的时间。

3，每周改为3次集训。

2011年6月15日　晴

今天是参加老年门球选拔赛的日子，尽管是邀请性质的，毕竟是一次正式比赛。常言道，是驴是马，拉出来遛遛。主要这也是一次检验训练成绩的机会。单位很器重我，这也是我向奚董作个“交待”的机会，这是我的“私心”。

昨晚本想早早睡，可以“养精蓄锐”，以临“大赛”。但却辗转反侧，难以入睡。可能太兴奋了吧，但我自责，这是我私心使然。

六点钟，我就赶到了公司，未料想队员邱阿姨比我还早，已经把比赛器具，号码簿，相机，矿泉水，干点心，都一一准备好了。

6:15，队员全体报到。

6:30，准时出发。

我环视了一遍我们的球员，个个精神饱满，满脸写着兴奋和激情，那是一群七老八十的老人。我仿佛到了当初的少年队。

到了比赛场地——卢湾区体育馆。我立即把球员们带进休息室，我怕他们太兴奋了，到比赛时就疲劳了，影响发挥。

我再次复述了我们的“排兵布阵”及比赛要领。再三强调了细节和平时训练中易犯的错误。

今天我们要打三场球，对手分别是金山队，石化队和老年大学队。

我知道，金山队和石化队是“菜鸟”老年大学队是劲旅。

我们只要一输一赢一平，就能出线。当然，这是理论上的认为。在门球比赛中，平球是很少的。对老年大学队，赢面很小，两支菜鸟队都能赢下，这就太喜出望外了。

比赛开始，我让队长去抽签。谁知第一位对手，就是老年大学队，我想了又想，只能学当初的田忌赛马，派球队中技术一般的出马。我希望能保持实力。

第一场球，没有悬念，大败而归。

第二场，对金山队，我派出队中实力最强的五员大将：徐、陈、肖、邬、邱。对手金山队，确实平平，屡屡犯规。击球、触球都会犯规……然而,对手的不“专业”,也影响了我们球员的发挥,也一样频频出错。甚至让主裁判了我们一个过门,撞柱得分无效。我按捺不住,在场边多说了几句,还受到了主裁的警告。

其实,可以赢下。但……不知什么原因,输了。

第三场,对石化队。不管水平高不高,旗鼓相当也是一种精彩,比赛很“胶着”,场面白热化,比分不高,争议很大。

最后,主裁提出一个折中的办法,把球员 1 至 10 号顺序站成一排,依次击球通过一门。成功通过一门多判胜。

好啊——球员一片欢呼。

不等我的调度,10 名球员一字排开,依次击门。这是他们平时训练最多的。

每进一球,好——

没进一球,噢——

我们进了 5 球。

轮到对方:每进一球,噢——没进一球好——

他们也进了五球,最后平球。还好,没有全“鸭蛋”。首次出征,铩羽而归。我很自责。

回到车上,迎接我的还是一张张灿烂的笑脸。

穆队长带着大家高呼口号:“我打球,我快乐,我健康。”

看着他们一张张孩子般的笑脸,我差点噙不住我的满眶热泪。

数字还是要记下:

11:00,11:16,8:19,15:15

11:00,是三场球赛结束的时间。

11:16,是我们输的第一场球的比分。

8:19,是我们第二场输的比分。

15:15,是战平的那场球。

2012 年 2 月 15 日　晴

“我打球，我快乐，我健康”，这已经成为亲和源门球队的信念。我们每次集训，在列队前和解散时，大家都一起齐声高呼这句口号。

今年 3 月 7 日，我们将参加一场重大赛事——为了庆祝三八妇女节，我们将参加上海市的女子门球邀请赛。说邀请赛，却是从区县一级层层选拔的，同时还会有国外球队参加。

奚董要我好好准备，展示一下亲和源的风采。

门球队组建一年多了，也参加了不少比赛。训练、技术、比赛，进步是明显的。特别去年同台湾来的长庚队比赛，我们 85 岁的刘阿姨技惊四座，连过三门，最后顺利撞柱。这是世界一流水平。

还有一个月，不是临阵磨枪，作为主教练，要有点全局观念和临阵韬略了。

一周三练改为一周四练，男女分队练习。尽管这是女队上阵，但男队要当好陪练角色。内部也要搞一次淘汰赛，谁上阵谁不上，让成绩说话。

将帅无能，累死三军。我要讲究点科学训练。

数字还是要记的：

48，24，3.7。

目前队员 48 名，女队员 16 名。

我今年 24 了，还没对象呢。

3.7，那是比赛的日子。

2012 年 3 月 7 日　小到中雨转晴

上海 2012 年度女子门球邀请赛，由上海市门球协会和上海市妇联联合主办。规格很高，都是技术一流，身经百战的强队。小赛宗旨是：运动、健康、快乐、幸福。这句口号是受亲和源门球队的影响，经大赛组委会讨论，特意提出来的。

共有 84 支球队参加，通过半个月的小组出线制和循环赛，最后决出 8 支队伍，参加 8 月 7 日举办的半决赛和决赛。

我们一路过关斩将，先后淘汰了浦东二队，黄浦白玉兰队和嘉定汇龙队。

在这次比赛中，我们将先遇老对手老年大学队，如获胜，将参加半决赛和决赛。

老年大学队是传统强队，训练有素，打法新颖，不拘一格。对他们我早就下功夫反复琢磨了。打他，胜他，是绕不过去的，这是我队的一道坎。

他们最大的弱点是队员的不稳定，上老年大学，本来就是比较正规的“自娱自乐”，学员的流动性很大。

可是今天，他们的五名实力最强的种子选手全上场了。

狭路相逢勇者胜，我不能再犯“田忌赛马”的错误，发扬民主自己报名，大家公议，谁实力强谁上。经过“全民公投”，选出五员大将。徐银妹、陈玉君、肖近怀、吴月瑛和陈若蕉。候补邱娟莲、黄成秉、严秀英、朱瑞菊。

队员在场上表现得很沉稳，技术也发挥正常，一杆一杆地打，一杆一杆地拼，拿自己应该拿的分，把失误留给对手。爱好是爱好，锻炼归锻炼，但比赛就是比赛。

不容易，七老八十养老赋闲，但仍有这样一股拼劲，一股争胜好强的豪气。何况巾帼不让须眉，我由衷地为亲和源骄傲，为亲和源的老年会员骄傲，胜负已经不重要，只要我们站在那里，站在绿茵场上，站在人生的舞台上……

今天的数字：

23:22，我们赢了。

合唱人生

老李年轻时就是一个文艺爱好者，工作时由于一直忙事业、忙家庭，别说学音乐了，就连好好欣赏一场演出的时间也没有。一退休下来，他马上参加了老年大学的声乐班，认认真真地学习了三年，后来又在社区的合唱团担任领唱，整整十年，在社区各种公益性演出和活动中忙得不亦乐乎。

老张可是一个不折不扣的文艺工作者，专业学习指挥，一直在教师进修学院担任教师，他教的可不是一般人，是专门教前来进修的各中小学校的音乐老师。这么细算来，他的学生（中小学校的音乐老师）的学生，遍布上海各区县，可谓桃李满天下。一直以来，老张除了上课外，也经常应社区、老年大学、镇政府甚至是区政府邀请，培训各种规模的合唱团参加演出或表演。但老张有个遗憾，就是没有组建过一支稳定的合唱团，因为历年来他带过的合唱团都是为了比赛或演出而临时组成，比赛或演出一结束后就解散，大家好不容易训练出来的默契再也没有继续表现的机会。

2009 年，76 岁的老李住进了亲和源，张罗起了一个社区“大家唱”，人数从 20 人逐渐发展到了 60 人。

2010 年,70 岁的老张住进了亲和源,一次社区活动中看了“大家唱”的表演,提出成立亲和源合唱团的想法,领导们都非常支持,老李也积极响应,说:“我早就有这个想法,可是毕竟不是科班出身,没有这个能力。你是音乐专业的,又有经验,成立合唱团的事就由你来主导吧!”

按老张的要求,合唱团的团员必须经过考核才能算作正式的团员,而且这个考核还很严格,普通话、音量音色、识谱能力、听音能力一个都不能少。这下可有老李忙的了,“大家唱”的成员们可都是七老八十的了,又没有几个受过专业的声乐训练,都是凭着对艺术的热爱、对歌唱的喜爱加入“大家唱”的。如果没有被老张挑中几个,老李的面子挂不上是小事,让那些落选的老人的失望可是大事。但是,老张是个把艺术完美性放在最高位的人,合唱又极其讲究各声部的配合度,各声线的契合度,任何一个突兀的声音都会破坏整体的效果。而这个声音的突兀不单指音色音量,还有演唱时对节奏的把握、识别伴奏的能力。所以,挑选合唱团员的标准肯定不能降。

为了让更多老人通过甄选,老李赶紧给大家布置了练习的任务。一时间,在亲和源,无论是多功能厅,还是琴房、卡拉 ok 厅、声乐小教室,这边是“咪咪咪,发发发”的练声,那边是“哆来咪”的乐理知识讲座,考前培训如火如荼地进行着。

考核时,60 个老人都非常紧张,生怕出错。老李则反复提醒大家放松。考核分两部分完成:第一部分是试唱练耳,第二部分是唱指定歌曲。试唱练耳部分,由老张亲自弹钢琴,六个小节的谱子,他弹两遍,再由老人哼唱出来。指定歌曲有三首,都是由他亲自选定的,老人可从中选择一首清唱。在紧张认真的考核过程中,虽然也有出现个别完全不能哼唱的情况,也有唱歌跑调的,大部分老人都能基本完成,只是程度有高低——还得归功于老李考前培训做得好。

一个月后，一支40人的合唱团成立了。他们高矮胖瘦形态不一，年龄跨度从60多岁到80多岁，但相同的是对音乐的热爱。

“三尺讲台有神灵”——这是老张常说的一句话，老张一辈子都在用心对待这神圣的讲台，他的严谨、他的专业，让原本还抱着玩玩态度的团员们也变得更加认真起来。

正当大家越来越投入的时候，老李发现排练场下的老张情绪有些不对，经常会唉声叹气。这不，大家刚走，老张又叹气了。

老李问道：“怎么了，最近老是叹气？”

老张说：“我爱人叫我不要搞音乐了。年轻时忙着音乐没怎么帮过她，家里的事都是她一肩挑，已经积了一肚子的怨气，说我搞了一辈子音乐，也没多大的成就，合唱团又不是工作，叫我别再折腾了！宁愿我每天帮她买买菜，也不支持我出来搞合唱团，让我赶紧辞去这个工作。”

老李听完老张的讲述，哈哈大笑，拍着胸脯说：“你放心，安心带合唱团，至于你爱人，我有办法说服她，交给我吧！”

“我和她解释了半天都没用，你能有什么办法？”

“我去劝是没用，可是我爱人就不一样了……”老李胸有成竹地拍拍老张的肩。

原来，老李的爱人和老张的爱人是麻将搭子，特别要好。一天，算好了时间，老李爱人借口要找老李拿钥匙，拉着老张爱人一起去多功能厅找老李。远远地，就听见了悠扬的歌声：“辽阔美丽的田野，是小草的家……”

当她们走近时，老张正在讲话：“刚才女高音部为什么声音越唱越低了？一定是腹式呼吸才能让气息更持久。男高音部太着急出来了。大家要知道，合唱是歌唱艺术的最高境界，讲究的就是声音和谐。它给观众的吸引和兴奋就在于它比单人声音有更丰富的表现力，具有多声部的和谐美，它是最能反映团队凝聚力和向心力的演唱形式……”

老李眼尖，看到了自己爱人和老张爱人来了，故意提问："张老师，虽然我们爱唱歌，但都是老年人了，分分男女声就够了吧，四声部的练习过得去就行了吧？"

老张一听，可有些急了："谁说是老年人就可以得过且过了？艺术的追求是永无止境的，老了就不能唱出自己的精彩吗？老了就不能让自己的音乐梦想更完美吗？我一定会带着大家唱出奇迹来的。"

老李马上接话："那就行了，大家听到了，张老师一直在用心的培育我们这个团队，大家要有信心。以前是没有人带着我们系统规范地学习，而张老师是没有机会带着一个稳定的合唱团，现在我们合二为一，一定能完成你我共同的心愿！"

"辽阔美丽的田野，是小草的家（女声），小草的家（男生）……"歌声再次响起。看着老张那充满激情和感染力的指挥动作，一腔对艺术的执著追求的情怀，老张的爱人有些动容了。

之后，老张的爱人不仅不再反对老张搞合唱团，而且经常去观摩他们的教学活动，老李开玩笑说："不如你也加入合唱团吧，夫唱妇随多好！"

老张爱人摆摆手道："我不行，唱不动。"

临近春节，亲和源要举行春节联欢会，很多有才艺的会员都准备一展身手，各种兴趣小组也会出节目，自然少不了亲和源合唱团。老张、老李对这次表演都十分重视，为了在晚会上奉献给老人们一场最完美的演出，合唱团也由过去的每天下午训练一次，改成了每天上下午训练两次。临近演出前一周，合唱团每天都会排练到很晚。专注于工作的老张对艺术精益求精，容不得半点差错，只要有一个人唱错一个音，他灵敏的耳朵都能听出来，然后就是集体重来一遍。一遍遍的纠错，一遍遍的重来，难免有团员会觉得辛苦，不耐烦，发出怨言。这个时候想完美主义的老张妥协是不可能，只有老李出来当和事佬，劝慰团员说："老张就是这个脾气，但他向来对事不对人，只是希望我们的表演能够尽量完美，大家就互相体谅一些吧！”

春节联欢会前一天进行最后一次带妆彩排，团员们像正式演出一样严正以待。男士们都穿一套黑西装、白衬衫，打黑色领结；女士们都身着粉红色雪纺拖地长裙，领口是大大荷叶边，显得端庄典雅。这些服装都是老张联系歌剧院的服装部特别为团员定做的。

老张刚要举起指挥棒，突然发现女声部少了一个人：“怎么回事，有人没来么？今天是正式演出前最后一次彩排，说明不许缺席的。”

“冯阿姨她重感冒，已经去医院了，估计明天也到不了。”

“怎么会？”

老张被这意外情况难倒了，本来女声部的声音就偏弱，少了一个，男女声部的平衡就打破了。再者，队形本来是排好的，男20人，女20人，这下女的变成了19人，很容易就看出少了一个。老张想到自己多月来的辛苦付出，就到了验收成果的时候，却出了这种意外，真是心急如焚。

老李看到老张着急的样子，走过来说：“不如去掉一个男的。”

老张摇摇头：“这怎么行？团员们天天排练，付出了多少，绝对不能少了任何一个人。”

老李的眼光扫了一眼排列整齐的团员……停在了坐在一旁的老张爱人身上，最近她担心老伴儿的身体，总是会来多功能厅看他们排练，顺便带一些参茶补品过来。他突然一拍脑门，有了。

老张爱人经常来排练厅，正纳闷今天怎么还不开始，只见老李朝她走来。老李把突发情况解释给她听，最后说道：“一时半会儿也找不到合适的人，不如你来顶冯阿姨的位置吧？”

“不行，我不行的。”

“这一个月的排练，我看你一次没拉。老张搞了一辈子音乐，你耳濡目染，总比一般人强些，不要太谦虚了。”

“我真的不行。”

“你忍心看到老张发愁的样子么？这次演出他花了多少心血准备，你最清楚了……”老李回头望向老张。

老张爱人也望着老张，看到他一脸愁云：

“好吧，我只有勉强凑个数了。”

老李走到老张身边：“解决了，替代冯阿姨的人找到了。”

“这么快？是谁？”

“你看——”老李手指女声部。

老张赫然看见自己的爱人正站在女声部里，因为只有她一人没有穿演出服，所以特别明显。

“她是最合适的人选，对吧？”老李凑近老张说。

“没错。”老张点点头。

其实老张的爱人年轻的时候也是个文艺青年，只是因为老张醉心艺术，她只好把重心放在了家庭上。不过年纪大了，她就不太愿意唱了。今天，为了支持丈夫的爱好，她重新走上了舞台。

“好，我们开始……”老张看着妻子，举起了指挥棒。

春节联欢会上，亲和源合唱团的演出取得了巨大的成功，好评如潮。会员们都对老张竖起了大拇指，而老张把功劳都归功给了团员们，还特别感谢说：“没有爱人的支持，我不可能做得好。”

图书在版编目(CIP)数据

亲和源的故事/奚志勇主编. —上海：学林出版社,2012.5

ISBN 978-7-5486-0340-5

Ⅰ. ①亲… Ⅱ. ①奚… Ⅲ. ①故事-作品集-中国-当代 Ⅳ. ①I247.8

中国版本图书馆CIP数据核字(2012)第081163号

亲和源的故事

主　　编—— 奚志勇
责任编辑—— 陈翔燕
封面设计—— 周剑峰
插　　图—— 陆汝浩

出　　版—— 上海世纪出版股份有限公司
学林出版社(上海钦州南路81号3楼)
电话：64515005　传真：64515005
发　　行—— 上海世纪出版股份有限公司发行中心
(上海福建中路193号　www.ewen.cc)
照　　排—— 南京展望文化发展有限公司
印　　刷—— 上海展强印刷有限公司
开　　本—— 640×978　1/16
印　　张—— 11
字　　数—— 13万
版　　次—— 2012年5月第1版
2012年5月第1次印刷
书　　号—— ISBN 978-7-5486-0340-5/C·17
定　　价—— 25.00元